Les enquêtes de Baptiste ADELIN

Les enquêtes de Baptiste ADELIN

Tomes 1 & 2

Carole LABORDE-SYLVAIN

© 2019 Carole Laborde-Sylvain
Couverture : Cover'Graph

Édition : BoD - Books on Demand, 12/14 rond-point des Champs-Élysées, 75 008 Paris
Imprimé par BoD - Books on Demand, Norderstedt, Allemagne.

Dépôt légal : juin 2019.
ISBN : 9782322012831

Tome 1
Le cirque BORZATTI

CHAPITRE PREMIER

Ce soir d'été, Baptiste fait une petite promenade de détente après sa journée de travail. Il est tard, le soleil vient tout juste de se coucher, la nuit n'est pas encore tombée. Pour lui, c'est le meilleur moment de la journée, il y a juste cette petite brise rafraîchissante après la chaleur intense d'aujourd'hui. Les couleurs sont magnifiques. Le bleu est dominé par le rouge. Ce sont les derniers instants de clarté avant l'obscurité de la nuit.

Il flâne le long des rues calmes et paisibles de cette petite bourgade de campagne où tous se connaissent mais ne se côtoient pas. Un compromis entre un village, où les habitants savent tout sur tous, et une grande ville, où au contraire tous s'ignorent. Il arrive au snack-bar du bourg qui fait aussi tabac et achète un paquet de cigarettes.

— Bonne soirée Baptiste, lui lance la buraliste.

— Bonne soirée à toi aussi Sandrine, bonjour aux enfants ! lui répond-il.

Ils se connaissent depuis la maternelle, ont essuyé les bancs de l'école primaire côte à côte, ont fait les quatre cents coups à l'adolescence. Sandrine a deux enfants : Max et Cécile, fruit d'un mariage à la fin tragique avec Paul, le meilleur ami de Baptiste. Mais son compagnon l'a quittée peu après la naissance de son garçon et ils n'ont plus jamais eu de nouvelles. Que ce soit Sandrine ou Baptiste, ils ont tous deux eu beaucoup de mal à l'accepter et se sont depuis toujours soutenus l'un l'autre.

Sorti de la boutique, Baptiste se dirige vers la place où il s'installe sur un banc et allume une cigarette. Il repense à sa journée qui a plutôt été tranquille voire ennuyeuse. Il a patrouillé dans toute la petite ville, rempli des procès-verbaux pour stationnement illicite ou défaut de présentation de papiers, tapé un rapport sur la disparition suspecte du chien d'une vieille dame qui accuse son voisin de l'avoir enlevé. Rien d'exceptionnel, la routine. Eh oui, Baptiste est gendarme. Il aime son métier mais ici, il ne peut s'empêcher de se dire que ce n'est pas très gratifiant. Il se demande même s'il ne ferait pas mieux de demander sa mutation dans une grande agglomération, afin d'enquêter sur de grandes énigmes policières comme il le faisait du temps où il vivait à la capitale. C'est sûr, il n'arrive jamais rien d'extraordinaire dans cette bourgade.

Après cette longue réflexion, il se décide enfin à retrouver le chemin de son domicile. Il est vrai que, étant gendarme, il vit la plupart du temps à la caserne où il a un petit appartement à disposition comme tous ses collègues, mais ce soir il n'est pas de service, et ce pour les deux jours à venir. Par conséquent, il rentre chez lui, dans cette maison qu'il tient de son père, disparu quelques années plus tôt. Il s'y sent bien et espère un jour y fonder une famille. Pour l'instant, c'est la solitude sa seule compagne, il n'a toujours pas trouvé l'âme sœur. Ce n'est pas faute d'avoir essayé mais aucune des femmes qui ont traversé sa vie ne correspondait à l'idée qu'il se fait de la femme idéale. Il y a toujours un défaut ou une attitude qui le dérange chez ses conquêtes amoureuses. Par exemple, Lydia, du jour où elle s'est installée chez lui, il ne supportait plus sa manière de parler, Marie, était trop calme, Manon, était trop collante… Il avait placé la barre très haut en ce qui concerne son modèle de femme idéale : ce devait être lui mais au féminin, tout en étant toujours disponible, belle intelligente, aimant les enfants et ayant une ressemblance avec sa mère. Enfin bref, elle n'existait sûrement pas, ou alors c'était sur une autre planète.

Ça y est, il aperçoit la maison au bout de l'impasse. C'est une bâtisse de taille moyenne, avec un étage, blanche avec des colombages brun foncé. Dans un quartier calme, éloigné du centre-ville. Avant, du temps de son père, cette maison était entourée de champs de maïs et de bois, où petit, il allait chercher les champignons avec ses deux amis. Qu'est-ce qu'ils ont pu s'amuser ! C'est incroyable le nombre de parties de gendarmes et de voleurs, de cache-cache, de courses insouciantes à travers les champs et les arbres qu'ils ont pu faire ici. Le nombre de cabanes construites, puis démontées, puis remontées plus loin, puis de nouveau démontées, puis remontées… Maintenant, c'est un quartier à part entière de la ville. Les champs on fait place à des habitations toutes plus belles les unes que les autres.

***

Plus tard, ce même soir, un homme arrive paniqué à la gendarmerie. Il supplie le jeune gendarme adjoint de garde à l'accueil de le suivre. Celui-ci ne peut quitter son poste et lui demande de patienter quelques minutes, le temps qu'il appelle un collègue qui va le recevoir.

L'attente paraît interminable ! Pourtant, il ne s'est écoulé que cinq minutes entre l'appel du gendarme et l'arrivée de son collègue, un petit homme rond, au visage jovial, des cheveux grisonnants, l'œil rieur.

— Bonsoir, adjudant Bourrasse, se présente le

gendarme, veuillez me suivre.

— Mais non, il faut que vous veniez ! s'exclame l'homme.

— Venez dans mon bureau, vous allez m'expliquer ce qui vous arrive.

L'homme le suit à contrecœur puis lui déballe son histoire :

— Ce soir, j'ai quitté le boulot aux alentours de minuit, minuit et demi, un peu tard par rapport à d'habitude car je finis normalement à vingt-deux heures, je suis d'équipe, mais vous savez ce que c'est, quand il y a du boulot on ne regarde pas les heures on finit ce que l'on a commencé ! dit-il pour se justifier.

Comme à son habitude, il est rentré à pied. En effet, il habite à peine à un quart d'heure de marche de son travail à l'usine de la ville. Sur le chemin qu'il emprunte chaque soir, la luminosité n'est pas des meilleures, il n'y a que peu de lampadaires qui fonctionnent, fait de vandalisme d'un groupe de jeunes de la ville, les agents communaux doivent venir remplacer les ampoules. Mais ce n'est pas pour cela qu'il est venu. Par endroits, il ne voit quasiment rien car il fait nuit noire. Soudain, il trébuche mais se rattrape à une petite barrière. Puis, il se retourne pour voir ce qui a manqué le faire tomber. Là, éclairé seulement par la lueur de la lune, il aperçoit un corps inanimé en travers du trottoir. L'adjudant Bourrasse se lève d'un bond :

— Où habitez-vous ? Nous allons nous y rendre tout de suite.

— Rue des cerisiers, mais ce dont je vous parle se trouve un peu avant, rue de la forêt, non loin de la grande place où s'est installé le cirque.

Et les voilà partis, accompagnés de deux gendarmes supplémentaires.

Arrivés sur les lieux, les bandes rouges et blanches

sont installées afin de délimiter un périmètre de sécurité autour de la victime. Juste à temps car quelques curieux, alertés par les gyrophares et les sirènes de la gendarmerie, se sont déjà rassemblés malgré l'heure tardive, il est déjà une heure et demie du matin. La rubalise maintient à distance ce petit monde qu'on entend s'interroger, s'exclamer, faire des suppositions sur ce qu'il vient d'arriver… laissant à peine passer le médecin légiste.

C'est une belle jeune femme, trentenaire, brune, élancée, ne manquant pas d'assurance, aux grands yeux verts cachés derrière des lunettes rectangulaires cerclées de noir. Elle a l'air très sérieux, pourtant ce n'est jamais la dernière à faire la fête. D'ailleurs, elle arrive très contrariée car elle a dû interrompre sa soirée. Il y a une demi-heure quand son téléphone portable s'est mis à sonner, elle venait tout juste de commander une Pina Colada avec Julie et Emma, ses deux meilleures amies. Son collègue, visiblement plus maladroit et moins téméraire, la suit muni de divers appareils photos avec lesquels il prend de multiples clichés du corps, de la scène macabre et des alentours, dans des angles différents. Le médecin donne ses premières impressions à Gaby :

— Pour moi, c'est un malheureux accident de la route. La victime est décédée il n'y a pas très longtemps je dirais, entre deux et trois heures plus tôt, maximum. Cependant je vais l'autopsier demain pour vous confirmer tout ça.

Sur ce, elle demande que le corps soit transporté à la morgue et prend congé.

Le témoin est raccompagné jusqu'à son domicile. Il devra se présenter le lendemain à la gendarmerie afin de compléter et signer sa déposition. Rendez-vous est pris pour dix heures du matin avec l'adjudant Bourrasse. L'homme entre chez lui, une grande et belle maison peinte en jaune pâle, avec les volets et boiseries bleu indigo. Sa porte d'entrée à peine refermée, il prend la direction de la cuisine pour se préparer un petit dîner. Finalement, il attrape une bière dans le frigidaire, l'ouvre à l'aide du décapsuleur attaché à ses clefs, la boit d'un trait et se dirige cette fois vers sa chambre, prend une longue douche et se couche en pensant et repensant à sa découverte. Le sommeil ne venant toujours pas une heure après son coucher, il allume la télévision de sa chambre et regarde un documentaire sur la dynastie des bourbons. Il s'endormit peu de temps après, bercé par la voix du narrateur.

CHAPITRE DEUX

Deux jours auparavant…

Attendu depuis plus d'une semaine par les plus petits, le cirque arrive enfin en ville. Il avait été annoncé par des affiches collées sur les panneaux d'affichages de la commune, ainsi que sur les poteaux électriques. Il est très tôt, le soleil pointe tout juste le bout de son nez.

La caravane silencieuse entre dans les murs de la cité. Elle est très colorée : le rouge prédomine, le jaune est aussi très présent, le nom du cirque est inscrit en grandes lettres dorées, bordées de noir, sur la majorité des véhicules. La colonne est composée de plusieurs camions remplis de matériel pour le chapiteau, les divers numéros, les gradins…, de remorques cages qui ont été couvertes pour le voyage afin de ne pas effrayer les animaux. On peut deviner qu'il s'agit de fauves car des lions et des tigres sont dessinés sur les bâches, certains font entendre leur rugissement, signe de mécontentement. Les chevaux sont aussi représentés car deux grandes écuries roulantes les suivent. Ensuite on voit un camion réfrigérant contenant la viande des fauves, un autre camion pour l'avoine et le foin pour les chevaux. Puis arrivent les roulottes des artistes. Là, les couleurs sont beaucoup plus variées : du bleu, du jaune, du vert, du violet, du rose, du rouge, un véritable arc-en-ciel.

Enfin le spectacle s'immobilise. Le cirque est arrivé devant le vaste emplacement que leur a octroyé la municipalité. Les camions s'ouvrent. Le matériel est déballé. On voit les hommes s'affairer autour des mâts qui se dressent, puis la toile est assemblée et hissée aux sommets de ces énormes perches. Ensuite, l'ensemble est fixé au sol par des câbles. Le chapiteau a poussé très vite tel un champignon par temps de pluie. Il est gigantesque. Les premiers curieux, qui passent en voiture, s'arrêtent et observent.

Maintenant, c'est au tour de la ménagerie de se mettre en place. Les remorques cages s'installent derrière le chapiteau, non loin de l'ouverture arrière : « l'entrée des artistes ».

Pendant ce temps, à l'intérieur, l'installation continue : les trapèzes, les câbles de sécurité, l'éclairage, les gradins sont montés. On visse, on serre, on déballe, on vérifie, tout est fait avec précision. La piste est aussi au cœur de toutes les attentions : le tapis est déroulé, le sable, éparpillé, puis la piste est balayée. Les bords sont installés, ajustés, dépoussiérés. Dehors, les cages sont découvertes.

— Regarde maman, crie Max, les lions, ils sont beaux ! On ira les voir, hein maman ? Il y a aussi des tigres !

Sandrine, à ce moment-là, se dit qu'elle aurait mieux fait de passer par l'autre côté de la ville pour amener ses enfants à l'école, car maintenant, Max ne cessera pas de lui demander d'aller au cirque pour voir les animaux, jusqu'à ce qu'il obtienne gain de cause.

Les fauves peuvent sentir l'air et la lumière du jour sur leurs pelages. Ils rugissent de plaisir ! On leur donne à chacun un gros morceau de viande. Les chevaux descendent de leurs écuries mobiles et sont amenés dans un parc improvisé, délimité par des petites barrières amovibles blanches. Ils ont du foin et de l'avoine, une grande auge qu'on leur remplit d'eau, tous se dirigent vers ce festin.

Midi arrive, les badauds sont partis, les gens du cirque se réunissent tous au milieu des roulottes disposées en cercle et commencent à faire des grillades. Les femmes ont dressé la table et préparé les crudités. C'est une grande famille qui déjeune. Le repas terminé, chacun vaque à ses occupations : les femmes débarrassent et les hommes installent les balcons des caravanes. Ils vérifient que celles-ci soient bien ancrées au sol, après tout, ils vont rester ici une bonne semaine. À l'intérieur, les femmes font la vaisselle et rangent un peu. Une roulotte est en fait une vraie petite maison mais plus étroite. Toutes les pièces y sont : la cuisine, la salle de bains, les toilettes, la chambre, le salon qui est convertible et permet ainsi, le soir venu, d'obtenir une seconde chambre. Ainsi que tout le confort moderne : l'eau et l'électricité sont gracieusement mises à disposition par la municipalité. Des câbles et des tuyaux les amènent jusqu'aux roulottes.

Puis, il est temps de préparer les prochaines manifestations. Pour cela, Basile Borzatti, directeur et fondateur du cirque Borzatti, réunit ses artistes.

— Très bien, le cirque est monté, tout le matériel est en état ?

— Il me manque deux projecteurs, lui répond Pierre, le régisseur lumière, les verres sont cassés, je ne peux pas m'en servir !

— Je les amènerai tout à l'heure en ville pour les faire réparer. À part ça, tout va bien ?

— Non, lui répond Lucinda, je suis malade ! Je ne serai jamais prête pour la représentation de demain !

— Tu le seras c'est moi qui te le dis ! Ton numéro avec Francesco est l'un des plus importants du spectacle ! Bon, je pars en ville, tu m'accompagnes Lucinda, je t'amène à la pharmacie. Et vous autres, mettez-vous tous au travail, conclut Basile, entraînant avec lui la jeune femme.

***

Le lendemain matin, le marché hebdomadaire grouille. Les gens passent d'étal en étal, achètent fruits, légumes, œufs, volailles, poissons... Les paniers se garnissent, les terrasses des cafés ne désemplissent pas.

Au loin, une fanfare se fait entendre. D'abord en sourdine, puis de plus en plus distinctement au fur et à mesure qu'elle s'approche. Soudain, un enfant s'écrie :

— Maman, maman, regarde ! Les clowns arrivent.

Ils fabriquent des animaux avec de longs et fins ballons qu'ils offrent aux plus petits. Puis, l'auguste se met à jouer du violon pendant que son acolyte, lui, s'essaye à la clarinette, mais quel désastre ! Les enfants leur demandent d'arrêter et de leur confectionner d'autres animaux rigolos. Ils sont suivis par quelques acrobates qui font des sauts périlleux, allant de passant en passant, afin de distribuer des tracts annonçant les spectacles à venir. Cécile en a eu un et part en courant vers sa mère qui est au bar-tabac à servir les clients.

— Maman, regarde on pourra y aller hein ? Le premier spectacle a lieu ce soir !

Max lui emboîte le pas :

— Maman regarde on peut aller voir la ménagerie l'après-midi ! Tu me laisseras y aller hein ?

Sandrine leur répond que l'on verra cela après son travail car là elle n'a pas le temps. Elle les renvoie voir la parade tout en leur recommandant de ne pas trop s'éloigner.

Maintenant arrive le dompteur de fauves dans son superbe habit. Il porte un grand chapeau haut-de-forme noir, une grande veste en queue-de-pie rouge avec de gros boutons assortis à son pantalon bouffant noir et de grandes bottes de cuir. Il tient dans sa main droite une cravache et dans l'autre une laisse... Derrière lui, apparaît un petit ourson. Lui aussi est habillé. Il a un petit chapeau jaune bordé de bleu et un petit gilet pailleté dans les mêmes coloris. Il se tient debout sur ses pattes arrière et suit son maître. Les enfants le trouvent très amusant.

Pendant ce temps, une voiture sillonne les rues de la ville. De ses haut-parleurs sort une voix : « ce soir, grand spectacle du cirque Borzatti. De nombreux artistes vous ont préparé leurs meilleurs numéros. Venez les admirer ! Vous pouvez aussi rendre visite à nos lions, tigres, chevaux, dès cet après-midi ! » La voiture s'éloigne et délivre le même message un peu plus loin.

***

Au cirque, ceux qui ne sont pas à la parade s'entraînent. Il y a Francesco et Lucinda qui essayent une nouvelle figure à ajouter à leur numéro de trapèze. Lucinda tombe. Heureusement, lors des répétitions le filet est installé. Elle remonte et reprend sa figure avec son frère, ce coup-ci, elle réussit le passage de son trapèze aux mains de son partenaire après avoir réalisé un salto, figure simple pour tous deux. Ils essaient encore une fois le nouvel exercice, essuyant le même résultat, Lucinda remonte, retombe. Elle en a marre, s'énerve de plus en plus au fur et à mesure qu'elle essaie et échoue. Une dispute finit par éclater entre le frère et la sœur ! De rage, elle s'en va, laissant Francesco seul au-dessus de la piste.
D'autres sont aussi restés. Il y a l'écuyer, qui entraîne ses chevaux à l'extérieur, les éclairagistes, font des essais lumière pendant que le reste de la troupe d'acrobates est sur la piste. Les musiciens vérifient

leurs partitions et accordent leurs instruments. Pendant ce temps, Basile, installé à son bureau, vérifie le programme. Il revoit aussi ses textes car trop vieux pour faire le show sur la piste, c'est lui qui tient le rôle de Monsieur Loyal, et assure ainsi la présentation des numéros du spectacle. Lucinda arrive dans son bureau :

— Papa, j'en ai marre, j'ai encore raté ma figure je laisse tomber !

— Mais non ma fille, tu ne laisses rien tomber du tout. Premièrement c'est un numéro phare que tu as avec ton frère. Deuxièmement, tu ne peux pas le pénaliser de ton absence. Troisièmement, tu aimes être sur scène alors… la seule solution est de continuer à t'entraîner et si vraiment tu ne sens pas cette figure ce soir, ne la faites pas ! Vous en avez beaucoup d'autres que vous maîtrisez mieux avec Francesco !

— Tu as raison comme d'habitude mais c'est rageant de ne pas y arriver !

Elle sort, rejoint son frère et reprend l'entraînement. Cette fois, à la deuxième tentative, la figure passe.

CHAPITRE TROIS

Retour au présent

Il est tôt, la sonnette retentit. Baptiste va ouvrir la porte, en peignoir, café à la main. C'est son collègue, l'adjudant Bourrasse.

— Entre Gaby ! Tu veux un café ? lui demande-t-il en lui montrant le sien.

— Non merci, nous n'avons pas le temps ! Je suis venu te chercher sur ordre du capitaine.

— Mais c'est mon jour de repos, regarde je me lève juste, je ne suis même pas habillé !

— Eh bé vas-y vite !

— Qu'est-ce qui se passe ?

— Va t'habiller, je te raconte.

Gaby se met à décrire à Baptiste la visite nocturne qu'il a eue à la gendarmerie hier soir, la découverte du corps et les prémices de l'enquête. À l'heure actuelle, la légiste les attend pour leur donner les résultats de ses premières analyses. En entendant cela, Baptiste attrape son manteau pousse son ami dehors et ferme la maison.

En moins de temps qu'il ne faut pour le dire, les voilà tous deux arrivés à la morgue.

— Bonjour Docteur, vous allez bien ? demande Baptiste à la jolie jeune femme en blouse blanche plantée devant lui.

— Bonjour Messieurs, si vous le voulez bien, commençons. Voici mes premières conclusions : jeune femme brune d'1,60 m, 50 kg, âgée entre 25 et 30 ans. Nombreux hématomes sur l'ensemble du corps mais ne datant pas de l'heure de la mort. Il n'y a pas d'empreintes. Lorsqu'elle a été trouvée, il n'y avait pas longtemps qu'elle avait trépassé. Je dirais que la mort est survenue entre vingt-deux heures trente et minuit et demi.

— Elle avait des papiers sur elle ?

— Non, rien. Ses effets personnels sont dans cette poche : une montre, un collier, un foulard, ses vêtements et chaussures. Pas de portefeuille. Pas de sac à main non plus.

— En d'autres termes, l'interrompt Baptiste, rien qui nous renseigne sur son identité. Donc nous devons d'abord trouver qui elle est, en ce qui concerne son décès, la piste de l'accident me paraît la plus plausible, j'ai remarqué des éclats de verre sur les lieux pouvant provenir d'un phare.

— C'est exact, je vais les analyser tout à l'heure, j'espère pouvoir vous renseigner sur le type de véhicule à rechercher.

— OK, j'attends vos résultats car là ça équivaut à chercher une aiguille dans une botte de foin !

— J'oubliais, j'ai effectué un curetage de ses ongles que je vais analyser ce matin. Je vous envoie mon rapport ce soir.

— OK merci. À bientôt.

Une fois dehors, les deux hommes font le point sur ce qu'ils viennent d'entendre. C'est mince pour commencer une enquête. *Et dire que je trouvais mon travail monotone*, pense Baptiste tout en rentrant à la gendarmerie. Là, Gaby et lui se mettent au travail. Ils cherchent, dans le fichier des personnes disparues, mais rien. Aucune description ne correspond à leur inconnue.

— Viens, on va aller voir dans le quartier, peut-être que quelqu'un a vu quelque chose, suggère Baptiste à son acolyte.

— D'accord, mais on s'arrête en route prendre un sandwich, je commence à avoir faim moi, lui répond Gaby.

Les voilà tous les deux dans la voiture. Ils s'arrêtent devant le snack et commandent deux jambons-beurres et deux jus de fruits en guise de déjeuner. Ils mangent dans la voiture en partant vers le lieu du crime.

La silhouette du corps est tracée sur le trottoir. La rue est fermée à la circulation. Leurs collègues ont déjà dû ramasser tout ce qu'ils ont pu trouver. Tous deux se mettent quand même à scruter le sol en long, en large et en travers, analysant du regard le moindre recoin de pavé, à la recherche même d'un infime indice. Baptiste observe les alentours : c'est un quartier plutôt calme, la vitesse est limitée à 50 km/h. Pas de traces de freinage. Cette rue n'a des résidences que sur un seul côté. De l'autre, c'est une grande place, plutôt une grande clairière bien verte, parsemée d'arbres. C'est pourquoi le cirque a pris place à cet endroit.

— Bon on commence chacun à un bout de la rue et on se retrouve au milieu. OK ?

Sans même lui répondre Gaby a déjà rejoint l'autre extrémité de la rue. Baptiste frappe donc à la première porte. Personne. À la suivante, une vieille femme ouvre :

— Bonjour, gendarmerie nationale, je voudrais vous poser quelques questions.

— Bien sûr. Entrez, Monsieur. C'est à quel sujet ?

— Étiez-vous chez vous hier soir ?

— Oui comme tous les soirs.

— Avez-vous vu ou entendu quelque chose ?

— Non rien, je me suis couchée vers 19 heures comme d'habitude. J'ai vu qu'il était arrivé quelque chose seulement ce matin en ouvrant mes volets. Il y avait ce corps dessiné sur le sol. C'était qui ?

— C'est ce que l'on cherche. Vous n'avez rien

remarqué d'inhabituel ces derniers jours ?

— Non, vous savez, à mon âge je ne sors plus beaucoup, comme la plupart des habitants de ce quartier d'ailleurs !

— Vous n'avez rien entendu ?

— Non rien, j'ai toujours eu un sommeil de plomb ! D'ailleurs, mon mari m'a souvent raillée à ce propos ! À juste titre puisqu'il me réveillait tous les matins pour aller au boulot. Je n'entendais jamais le réveil sonné ! Désolée, j'ai bien peur de ne vous être d'aucune aide.

— Merci de m'avoir accordé un peu de votre temps madame, bonne journée.

Baptiste passe à la maison suivante. Là, il n'obtient pas plus d'informations. Il continue sans résultats quand une jeune femme lui dit :

— Moi je n'ai rien vu, je n'étais pas là hier soir mais allez interroger Madame Frittons, peut-être qu'elle saura quelque chose, c'est la commère du quartier, elle sait toujours tout sur tous et toutes ! Elle est toujours derrière ses fenêtres à observer les gens !

— Où habite-t-elle cette madame Frittons ?

— Au numéro 39.

— Merci, bonne journée.

Gaby quant à lui marche le long du trottoir opposé et se dirige vers la maison suivante. Pour l'instant, il n'a pas eu plus de succès que son collègue. Le voilà qui se présente devant un joli pavillon blanc à volets bleus. La maison est séparée en deux. Il frappe à la porte du numéro 39. Pas de réponse. Il prend alors les escaliers et frappe à l'autre porte, au 41. Un homme lui ouvre, lui non plus n'a rien vu, ni entendu quoi que ce soit. Cependant il lui suggère d'aller rencontrer sa voisine qui est partie faire les courses il y a une demi-heure. Elle, elle aura peut-être vu quelque chose depuis sa fenêtre. Il ne sait pas quand elle va revenir, car c'est une bavarde : rien que pour aller chercher une baguette de pain elle en a pour une heure ! Alors les courses ! Gaby lui répond qu'il repassera plus tard pour la rencontrer. Sur ces entrefaites, Baptiste le rejoint. Voyant son ami sortir du pavillon n° 39, il lui demande s'il a vu Madame Frittons.

— Qui ? demande Gaby.
— Madame Frittons, tu sors de chez elle là !
— Non je n'ai pas vu cette dame, son voisin m'a dit qu'elle était partie faire des courses et que ça pouvait être long.

En effet, ce matin Madame Frittons est au supermarché, et comme à ses habitudes, alimente la curiosité de chacun en expliquant que les gendarmes ont trouvé un corps non loin de chez elle. La nouvelle ne tarde pas à faire le tour de la ville.

***

Pendant ce temps, au cirque BORZATTI, Basile fait ses comptes. La recette est importante, il y a eu beaucoup de monde au spectacle d'hier soir. Tous les numéros ont eu droit à une ovation, surtout celui du trapèze dont les vedettes sont ses propres enfants. La relève est assurée ! À propos, où est donc passée Lucinda ? Cette question le travaille depuis qu'il s'est levé : son petit-déjeuner n'était pas prêt, et sa fille n'était pas là. Malgré leurs prises de bec quasi quotidiennes, elle n'avait jusqu'à présent jamais manqué ce rendez-vous avec son père. *Elle n'est même pas venue m'embrasser ? Ferait-elle la tête ? Ce n'est pourtant pas son habitude !* se dit-il. Sur ce, le voilà parti jusqu'à la roulotte de sa fille. Il n'a pas beaucoup de chemin à parcourir : elle est sa voisine. Mais qu'elle n'est pas sa surprise quand il s'aperçoit qu'aucune fenêtre n'est ouverte, il entre sans frapper et stupeur, le lit de sa fille n'est même pas défait. Sachant que Lucinda ne le refait jamais (c'est lui qui vient lui faire dans la matinée, quand elle travaille son numéro !), ceci le laisse de plus en plus perplexe. Mais où peut-elle bien être ? Bien que ce ne soit plus une petite fille depuis longtemps, Basile ne peut s'empêcher de s'inquiéter pour elle dès que ses habitudes sont un peu perturbées ! *Je vais aller voir Pierrot, il saura sûrement où elle est !* se dit-il, comme pour se rassurer. À cette heure-ci, Pierrot est comme à l'accoutumée sur la piste, à vérifier que tout fonctionne bien pour le prochain spectacle :

— Vas-y Jéjé, on vérifie une dernière fois, éclaire-moi l'entrée du sas des artistes… OK c'est bon. La piste… OK. Les gradins… C'est bon. Le premier rang…

— Pierrot, l'interrompt Basile,

— Bonjour Monsieur Borzatti. Jéjé on reprend après. Que me vaut l'honneur ?

— Tu n'aurais pas vu ma fille par hasard ?

— Non, pas aujourd'hui pourquoi ?

— Pierrot, tout le monde sait que tu en pinces pour elle depuis longtemps. Alors, comme elle n'a pas dormi dans sa roulotte cette nuit, je me disais que, peut-être…

— Vous vous êtes dit qu'elle serait avec moi ! J'aurais bien aimé mais vous savez très bien que mes sentiments ne sont pas partagés !

— Excuse-moi Pierrot, je croyais qu'elle…

— Eh bien non ! l'interrompt-il de nouveau, un peu agacé. Cependant, hier soir je l'ai vue partir en courant après le spectacle mais je ne sais pas où elle allait. Là, j'ai du travail, je ne peux rien faire pour vous.

— Désolé de t'avoir importuné.

— C'est pas grave patron ! J'aurais adoré que vous ayez vu juste !

Tous deux se mettent à rire aux éclats à cette idée. Puis Basile le quitte et questionne tous les artistes et techniciens qu'il croise sur son chemin. La réponse est toujours la même : personne n'a vu sa fille aujourd'hui.

Juste après le repas, Basile part pour la ville. Il a la commande de viande pour les fauves à aller chercher. Il s'arrête d'abord au bar-tabac, achète une cartouche de cigarettes, s'assied en terrasse et commande un café. Lorsque le serveur lui amène sa commande, il ouvre son portefeuille et tombe sur la photo de Lucinda qu'il a toujours sur lui. À tout hasard, il demande au jeune homme s'il n'aurait pas aperçu sa fille ici hier soir. Pas de chance : il ne peut rien lui dire, il n'était pas de service la veille au soir. Son café terminé, il part chez le boucher récupérer la viande, puis sa camionnette pleine, rentre au cirque. Là, Francesco l'attend, visiblement en colère :

— Peux-tu me dire où se trouve ma sœur ? Elle n'est pas venue à l'entraînement de ce matin. Il est quatorze heures et je crois qu'elle ne va pas non plus venir cette aprèm ! Je ne la trouve nulle part et il vaut mieux pour elle ! Elle dépasse les bornes !

— Je n'en sais pas plus que toi au sujet de ta sœur, mais ne t'inquiète pas elle sera là ce soir c'est sûr, répond-il à son fils aussi bien pour le tranquilliser que pour se rassurer lui-même.

On est maintenant à un peu plus de trois heures du spectacle et toujours aucune trace de Lucinda. Même si depuis quelque temps sa fille semble se désintéresser du cirque, elle a toujours pris part à chacune des représentations par respect pour les siens et le bien-être du cirque. Basile est de plus en plus inquiet. Francesco arrive au bureau de son père et lui demande s'il a retrouvé sa sœur ? Toujours la même réponse : il ne sait toujours pas où elle se trouve.

— Comment j'assure le numéro de ce soir moi ?
— Je ne sais pas, tu ne peux pas faire un numéro en solo juste pour aujourd'hui ?
— Bien sûr que si mais c'est beaucoup moins spectaculaire pour le public !
— Je sais mais à moins que tu trouves une autre partenaire très vite, je ne vois pas ce qu'on peut faire ? Il faut parer au plus pressé. Personne n'a vu ta sœur depuis hier soir. Je ne sais pas ce qu'elle est devenue, je suis très inquiet. Je vais à la gendarmerie signaler sa disparition, j'espère qu'ils pourront nous aider. Je serai à l'heure pour le spectacle, t'en fais pas !

Sur ce, Basile enfile son manteau et monte en voiture. Mais trop tard, son fils commence à paniquer : sa sœur ne s'est jamais absentée si longtemps, et pour que son père aille à la gendarmerie, il y a de quoi s'inquiéter !

***

C'est la fin de la journée pour les deux gendarmes. Il est 19 h 30.
— Je te dis à demain Gaby, je suis invité à dîner chez Sandrine. Elle m'a appelé il y a plus d'une heure et je suis déjà en retard ! C'est l'anniversaire de Max et je n'ai toujours pas de cadeau !
— Le cirque Borzatti est arrivé en ville il y a trois jours, pourquoi tu ne lui prends pas une place ? Les enfants adorent le cirque.
— Tu as raison, je vais m'y arrêter en allant chez eux.

Le temps de leur conversation un coursier est arrivé et leur tend un colis de la part du médecin légiste. Comme promis, la jeune femme leur a fait parvenir le rapport d'autopsie de la mystérieuse inconnue. Les deux compères se regardent et Gaby a compris son ami. Il lui impose de partir et lui fera un compte rendu détaillé de sa lecture du dossier demain matin, sinon Baptiste va être vraiment plus qu'en retard. En remerciant son ami, le major Adelin quitte le bureau et prend la direction du chapiteau. Là, il achète trois places pour le spectacle du lendemain quand il aperçoit une photo dans la cabine de caisse. Elle représente une voltigeuse en pleine action d'échange de trapèze. Très aérien.

— Qui est-ce ? demande-t-il à la caissière.
— Qui donc ?
— Sur la photo là, la trapéziste ?
— Là, c'est Lucinda Borzatti, la fille du patron, Monsieur Borzatti, le propriétaire du cirque. Elle est belle vous ne trouvez pas ? Et elle a énormément de talent.
— Très belle, lui répond Baptiste, pensif.

Sur le chemin qui le conduit chez Sandrine, il repense à cette femme sur la photo, il ne peut pas penser à autre chose, il a l'impression de la connaître. Mais d'où ? Quand l'a-t-il rencontrée ? Il n'arrive pas à s'en souvenir et ceci le travaille beaucoup. Comment peut-on oublier une si belle femme ?

La maison est juste devant lui à présent, et, Max est dehors. À peine la voiture est arrêtée que déjà il ouvre la portière à Baptiste.

— Super tu es là, lui dit-il en lui sautant au cou à peine il est descendu de voiture.
— Bonsoir mon grand, et bon anniversaire. Ça te fait quel âge déjà, quatre ans ?
— Mais non, j'ai huit ans aujourd'hui !

Ils se mettent à rire tout en entrant dans la maison. Sandrine les rejoint dans l'entrée en disant à son ami qu'elle ne l'attendait plus. Il aurait dû être là à dix-neuf heures et il est déjà vingt heures.

— Désolé, je suis sur une affaire un peu compliquée… Je n'ai pas vu le temps passé ! dit-il en lui offrant les fleurs qu'il cachait dans son dos.

— Tu es tout excusé ! lui répond-elle en saisissant le bouquet, plonge le nez dedans, s'enivrant ainsi du parfum des roses qu'elle adore. Allez viens, on va boire un verre en attendant que ça cuise et je vais mettre ce joli bouquet dans l'eau. Comme ça, tu me raconteras tout.

Arrivés dans la cuisine, Sandrine enfourne le plat pendant que Baptiste débouche la bouteille de vin qu'elle a sortie pour accompagner le repas. Il en sert deux verres tandis qu'elle somme Cécile de les rejoindre. Tous les quatre se mettent à table. Après le verre, le repas arrive. Il est tout simple, Sandrine à préparer le menu préféré de son fils : du jambon de pays pour l'entrée, suivi d'un magret de canard avec des frites maison. Max est ravi ! Au moment du dessert, un gros gâteau au chocolat, surmonté de huit bougies, les cadeaux arrivent. Cécile a confectionné pour son frère, un joli bracelet porte-bonheur, dans les bleus. Sandrine lui a acheté un joli vélo. Max est radieux, il les embrasse toutes deux et les remercie. Puis, Baptiste lui tend une enveloppe. En l'ouvrant il s'écrie :

— Maman, regarde ! Ce sont des places pour le cirque ! Super ! Il y en a trois, on ira demain hein ?

— Oui Max tu iras demain, c'est-ce qu'il y a d'inscrit. Maintenant c'est l'heure d'aller au lit. Allez-vous brosser les dents et mettre vos pyjamas !

Les enfants s'exécutent et reviennent un quart d'heure plus tard, fin prêts à aller se coucher.

— Bonne nuit maman ! À demain. Bonne nuit Baptiste, reviens vite !

Pendant ce temps, Baptiste et Sandrine sont passés au salon et boivent un café. Sandrine lui dit que c'est gentil de leur avoir pris des billets pour le cirque mais qu'elle ne pourra pas y emmener les enfants demain car elle est de service au bar jusqu'à vingt-deux heures. Par conséquent, Baptiste lui propose de venir chercher Max et Cécile vers dix-neuf heures, le spectacle étant à vingt heures trente, ça leur laissera du temps pour rendre visite aux animaux. C'est donc entendu. Puis Baptiste se lève et prend congé de son hôtesse en lui souhaitant une bonne nuit. Elle lui répond la même chose, le remercie d'être venu, et encore un merci pour le cadeau, et d'être toujours là pour eux.

— Ce n'est rien, on est amis non ? Et les amis, c'est fait pour ça il me semble ? Allez bonne nuit et à demain.

Une fois rentré chez lui, Baptiste repense à la soirée qu'il vient de passer et se dit une nouvelle fois qu'il ne comprend vraiment pas pourquoi Paul s'est enfui comme ça ! Sandrine est une femme remarquable : belle, intelligente, travailleuse, à l'écoute des autres, s'occupant formidablement bien de ses enfants malgré son statut de mère célibataire…

— Je donnerai n'importe quoi pour avoir une femme comme ça ! Quel crétin celui-là ! Si ce n'était pas mon ami… Ça y est, je divague, j'ai trop forcé sur le vin, pense-t-il à voix haute en montant les escaliers.

Passage express par la salle de bains où il se déshabille et prend juste le temps de se laver les dents. Puis direction la chambre où son lit l'attend. *Vide !* se dit-il encore.

CHAPITRE QUATRE

Le lendemain, à la gendarmerie, Gaby qui est arrivé un peu plus tôt, attend Baptiste. Lorsque celui-ci arrive, il le salue, lui demande si sa soirée s'est bien passée, puis commence le résumé du rapport d'autopsie :

— C'est une jeune femme brune, d'un mètre soixante, cinquante kilos… Tout ça tu le sais déjà. Elle présente plusieurs fractures et hématomes sur l'ensemble du corps. D'après le toubib, elle est morte sur le coup, de celui porté à la tête. En effet, elle montre un renfoncement important de la boîte crânienne, vraisemblablement causé par la chute, ou plutôt à l'atterrissage sur l'une des grosses pierres présentes sur le bord de la chaussée dans ce coin-là. Les diverses contusions sur l'ensemble de son corps, sont pour beaucoup anciennes. Cependant, les résultats du curetage des ongles montrent la présence essentiellement de sable.

— Par conséquent on privilégie la thèse de l'accident plutôt que celle d'un homicide ?

— Je pense oui mais c'est le reste de l'enquête qui le démontrera. En ce qui concerne les débris de verre, elle n'a pas encore les résultats. Elle a envoyé les débris à un confrère, spécialisé dans ce type d'analyses, possédant une banque de données bien plus complète que la sienne. Elle nous fait signe dès qu'elle a un retour. Voilà pour les grandes lignes du rapport.

— OK. On a quand même un sacré handicap pour élucider cette affaire. Il faut trouver qui est cette femme.

— À propos, après notre départ hier soir, Monsieur Borzatti, le directeur du cirque, est venu ici. Sa fille a disparu depuis deux jours. On lui a dit de revenir ce matin pour déposer et…

— Mais bien sûr ! le coupe Baptiste, je savais bien que cette femme me rappelait quelqu'un !

— Quoi ? Quelle femme ? De quoi tu parles ?

— Tu te souviens hier soir, je suis allé au cirque chercher des billets pour le spectacle de ce soir pour l'anniversaire de Max,

— Oui et alors ?

— Eh bien dans la cabine de caisse il y avait des photos de plusieurs artistes exécutant leurs numéros, et sur l'une d'elles, il y avait un couple de trapézistes, la caissière m'a dit que c'étaient les enfants de Borzatti !

— Et alors il n'y a rien d'anormal à ça !

— Attends, laisse-moi finir. La fille sur cette photo me faisait penser à quelqu'un et je n'arrivais pas à trouver à qui. J'y ai réfléchi toute la soirée, sans succès. Mais c'est évident c'est elle ! La fille de Borzatti.

— Eh oui, c'est la caissière qui te l'a dit !

— Arrête de jouer à l'imbécile ! La fille de Borzatti est notre inconnue !

— Et tu ne pouvais pas me le dire plus tôt !

— Non, puisque je n'ai fait le rapprochement que maintenant, tu es vraiment idiot ou quoi ?

Sans répondre à son ami, Gaby sort de la pièce pour se rendre à l'accueil. M. Borzatti n'est toujours pas arrivé. Il revient vers Baptiste et lui dit que si ça se trouve, c'est juste une coïncidence, ces deux femmes se ressemblent un point c'est tout.

Une heure plus tard, le directeur du cirque franchit enfin la porte de la gendarmerie. Il a l'air vraiment inquiet. Baptiste vient à sa rencontre :

— Monsieur Borzatti je présume ?

Celui-ci lui répond simplement d'un hochement de

tête.

— Bonjour, je suis le major Baptiste Adelin. Veuillez me suivre dans mon bureau, on va voir ce que nous pouvons faire pour vous.

Basile explique qu'il n'a pas vu sa fille depuis l'avant-veille, que ce n'est pas son habitude de disparaître de la sorte. Elle n'est même pas venue au spectacle hier soir, ça ne lui ressemble pas. Même si elle était contrariée depuis quelque temps, à cause de leurs disputes quasi quotidiennes, elle n'avait jamais fait faux bond à son partenaire et a toujours assuré son numéro, d'où l'inquiétude grandissante de l'homme qui se tient aujourd'hui devant Baptiste. Puis, il sort une photo de son portefeuille, pour l'avis de recherche, il a pensé que les gendarmes en auraient utilité. En saisissant le cliché, plus aucun doute ne subsiste dans la tête de Baptiste : c'est bien la fille qui se trouve dans le tiroir numéro neuf de la morgue de la ville. Il appelle Gaby et lui montre la photo. Ils se concertent du regard, puis annoncent à Basile que, avant-hier soir, une jeune femme a été trouvée sans vie dans la rue, qu'il se pourrait fortement que ce soit Lucinda, sa fille. Pour en être certain, ils invitent l'homme abasourdi par ce qu'il vient d'entendre, à les suivre jusqu'à la morgue. Ils y retrouvent la légiste qui sans dire un mot les accompagne devant le tiroir concerné. Lors de l'ouverture, Basile ne peut contenir ses larmes : c'est bien sa fille. Il s'effondre tellement le choc est violent. Les yeux emplis de larmes et de douleur, il demande à rester quelques instants seul avec sa fille. Les deux gendarmes et la légiste se retrouvent dans le couloir, laissant cet homme pleurer sur le corps de sa fille défunte, l'embrassant, la serrant dans ses bras, lui dire qu'il l'aime, que ce n'est pas possible, pas elle, mais pourquoi…

CHAPITRE CINQ

De retour au cirque, Basile rassemble tout le monde et leur annonce le décès de Lucinda. Personne ne veut y croire, pourtant devant la détresse d'un père, et non de leur directeur, ils ne tardent pas à comprendre que ce n'est que la triste vérité, et sont tous abasourdis.

— Nous devons nous tenir à la disposition des enquêteurs en charge de découvrir ce qui s'est passé. Je vous demande donc de leur répondre en toute franchise, de ne rien cacher, repensez à la dernière fois que vous avez vu ma fille, ce qu'elle vous a dit… Tout peut être important ! Pour la mémoire de Lucinda, je vous le répète, n'éludez aucune question quelle qu'elle soit !

Puis, Basile s'éloigne, laissant tout son monde interloqué, chuchotant, échangeant leur sentiment. Lui, il se dirige vers sa caravane, il ne veut voir personne pour l'instant. Pierrot l'a suivi et lui demande si les représentations doivent être annulées. Basile lui répond d'aller avertir que ce soir il n'y aurait pas de spectacle, demain est un autre jour, on verra. Sur ce, il s'enferme dans sa roulotte et laisse libre cours à son chagrin, à l'abri des regards.

Dehors, les artistes sont toujours réunis, il est midi, personne n'a le cœur d'avaler quoi que ce soit. La question que l'on peut lire sur toutes les lèvres est : comment est-ce arrivé ?

Lorsqu'en début d'après-midi Baptiste et Gaby arrivent, c'est le calme qui les accueille. Seuls les rugissements des fauves se font entendre. Ils se dirigent vers le chapiteau, où se trouve Pierrot. Celui-ci vient de vérifier de nouveau tout le matériel. Pendant qu'il travaille, il ne pense à rien d'autre et évite de ce fait de sombrer dans la tristesse. Il vient d'éteindre sa console et s'apprête à rejoindre sa voiture devant l'entrée.

— Bonjour Monsieur, lui lance Baptiste,

— Bonjour, vous êtes sûrement les enquêteurs, Monsieur Borzatti nous a prévenus de votre arrivée.

— En effet, je suis le major Adelin et voici mon collègue l'adjudant Bourrasse.

— Je suis désolé, je dois partir en ville annoncer l'annulation du spectacle de ce soir, au vu des circonstances... Je serai de retour d'ici deux heures, on peut se voir après ?

— Ne vous inquiétez pas, faites ce que vous avez à faire, nous, on est là pour toute l'après-midi.

— D'accord, d'accord, alors on se voit tout à l'heure... Il faut que j'y aille... dit-il en ouvrant la portière de la voiture,

— Vous pouvez nous indiquer où nous pouvons trouver M. Borzatti s'il vous plaît ?

Le régisseur leur indique comment se rendre à l'emplacement de la roulotte de son patron et monte dans son véhicule.

Arrivés devant la caravane du directeur, Baptiste frappe à l'aide de la petite poignée métallique en forme de tête de lion, qui se trouve devant ses yeux. C'est un homme abattu qui leur ouvre la porte. Son visage affiche une très grande tristesse, et un désarroi non moins important. Ses yeux sont mouillés, mais les larmes ne coulent plus.

— Excusez-moi, commence à leur dire Basile, mais c'est très difficile vous savez... Devant mes artistes j'essaie de me contenir, mais lorsque je suis seul...

— Nous comprenons très bien, ne vous en faites pas, nous n'allons pas vous importuner trop longtemps, nous voulions voir l'endroit où vivez votre fille. Si cela est possible bien entendu.

— Mais bien sûr, suivez-moi, sa roulotte est celle voisine de la mienne, j'ai la clef. Ma fille voulait son indépendance mais ne désirait pas trop s'éloigner quand même !

En introduisant la clef dans la serrure, Basile s'excuse du désordre qu'ils pourraient trouver dans le domicile de sa fille. En entrant, le spectacle donné par les lieux est plutôt agréable : le lit est fait, le costume de Lucinda a été jeté sur le chevalet sur la gauche du couchage, tout semble en ordre, mis à part la vaisselle dans l'évier, la maison dégage une odeur agréable de fleurs coupées. Gaby s'adresse à Basile, qui est resté sur le pas de la porte.

— Vous lui connaissiez des ennemis ?

— Non. Il y a bien quelques jalousies mais rien d'exceptionnel. Ma fille est très belle et possède un immense talent. Donc forcément... Mais de là à dire qu'une telle ou un tel la haïssait ! Non vraiment, je ne vois pas ! Elle était admirée de tout le monde.

— Oh vous savez, on peut admirer une personne et quand même lui souhaiter de laisser sa place !

— Je vous l'accorde. Certes. Seulement, dans le cas de Lucinda, je ne pense pas. Ma fille était tellement à l'écoute des autres, avait une attention particulière pour chacun, était toujours présente si le moindre souci pointait le bout de son nez, pour les uns ou pour les autres, qui aurait pu la détester au point de souhaiter qu'elle disparaisse ! Ce n'est pas possible, comment ça a pu arriver ? Pas elle ! s'exclame-t-il en refoulant un énorme sanglot qui maintenant lui serre la gorge.

— Ne vous inquiétez pas Monsieur Borzatti, nous allons tout faire pour comprendre ce qui s'est passé. Merci de nous avoir guidés ici, nous allons vous laisser maintenant. N'hésitez pas à nous appeler si vous pensez à quoi que ce soit.

Basile acquiesce d'un mouvement de tête, et les

regarde s'éloigner.

***

De retour à leur bureau, les témoignages se succèdent. Tous font état d'une jeune fille brillante, intelligente, aimable, toujours joyeuse, serviable, mais sachant exactement ce qu'elle désirait et quoi faire pour l'obtenir. Têtue et travailleuse, toujours à s'entraîner et essayer de nouvelles figures. Tous, rejoignent l'idée générale de Basile : sa fille forçait l'admiration de tous ceux qu'elle côtoyait. Elle n'avait d'ennemis connus ni des uns, ni des autres.

Le lendemain matin, une femme d'un âge avancé se présente à la gendarmerie.

— Je désire m'entretenir avec le major Adelin s'il vous plaît, dit-elle à l'accueil.

Elle est donc conduite dans le bureau de Baptiste et priée de patienter quelques instants, son interlocuteur ne va pas tarder à la rejoindre. Elle quitte la pièce deux heures plus tard en compagnie de Gaby, Baptiste étant parti en patrouille dans la ville. Il la remercie de sa venue et la raccompagne jusqu'à la sortie. À ce moment-là, le major Adelin arrive :

— Qui était-ce ? demande-t-il à son collègue.

— Elle s'appelle Lorette et travaille au cirque depuis toujours. Elle a connu Lucinda Borzatti dès son plus jeune âge, en a été sa nourrice, puis est devenue sa confidente. Mais viens, on va prendre un café et on fait le point.

CHAPITRE SIX

Pendant ce temps en ville, les gens parlent et le sujet de toutes leurs conversations est la disparition de la jeune fille du cirque. Cela intrigue. Il a fallu que ça se passe ici ! Dans notre petite ville ! Mais comment une chose pareille a-t-elle pu se produire ? On était si tranquille ! On est vraiment en sécurité nulle part ! Etc. Voici ce que Sandrine entend depuis qu'elle a ouvert le bar ce matin. La nouvelle s'est répandue à une vitesse incroyable. *Vivement ce soir, que la journée soit terminée*, pense-t-elle. Il est à peine onze heures et demie du matin, et elle a déjà l'impression que sa tête va exploser, prise dans un étau que l'on resserre, resserre, resserre... Toutes ces conversations commençant de la même façon, se terminent au gré de l'imagination de chacun. Mais impossible, nous sommes dans une petite commune paisible, où rien ne se passe jamais. Alors, un tel accident, on va en entendre parler pendant un bout de temps par ici. Tiens, on entend la voiture du cirque qui arrive ! L'annonce qui en sort est la suivante :

— Le spectacle aura bien lieu ce soir. Venez nombreux ! De très beaux numéros vous attendent ! Venez admirer nos artistes, nos animaux. Les places d'hier soir seront valables aujourd'hui, ou échangées pour l'une des représentations à venir.

La voiture s'éloigne pour avertir les personnes dans les rues suivantes.

C'est à ce moment-là que Baptiste et Gaby arrivent pour déjeuner au snack-bar.

— Salut Sandrine, comment ça va ? lui demande Baptiste
— Bien et vous deux ?
— Bien, répondent-ils tous deux à l'unisson.
— Ça fait plaisir de vous voir, qu'est-ce que je vous sers aujourd'hui ?
— Pour moi ce sera un jambon beurre, lui commande Baptiste
— Moi, un croque-monsieur s'il te plaît.
— OK, je reviens tout de suite.

Trois commandes plus tard, les sandwiches arrivent, servis avec deux grands verres d'eau. Tout en mangeant, ils se mettent à discuter. Puis Sandrine repasse à proximité de leur table. Baptiste l'interpelle :

— Au fait, je te prends toujours les enfants ce soir ?
— Tu as plutôt intérêt si tu ne veux pas la guerre ! Depuis que tu as offert les places à Max, ils sont comme des fous, ils ne parlent plus que de ça !
— OK je viendrais les chercher vers 19 heures alors. Comme ça, on aura une heure pour aller voir la ménagerie avant que le spectacle commence.

Tout en acquiesçant, Sandrine repart prendre une nouvelle commande. C'est encore une très belle journée et tout le monde à l'air décidé à en profiter ! La terrasse est bondée.

— Pourquoi tu ne lui dis pas ce que tu ressens pour elle ?
— Hein ? De quoi tu parles, répond Baptiste en ne quittant pas Sandrine des yeux.
— Ça crève les yeux que tu es fou d'elle ! Même un aveugle s'en apercevrait !
— N'importe quoi ! Tu délires : c'est la femme de Paul, affirme Baptiste, ramenant son regard dans celui de Gaby.
— Arrête ! Paul est parti ça fait quoi ? Sept, huit ans.

Tu crois vraiment qu'il se soucie encore de sa femme ! ?

— Elle est comme ma sœur, elle sait tout de moi et je sais tout d'elle. C'est mon amie, ma confidente, quasiment ma sœur je te dis !

— Eh bien tu es incestueux mon pote ! Parce que quand tu la regardes, de l'extérieur ce n'est pas le regard d'un frère sur sa sœur que l'on voit ! Si tu vois ce que je veux dire…

— Tu dis vraiment n'importe quoi ! Changes de sujet va !

— OK. Mais ce que j'en pense…

— Arrête ! Pense ce que tu veux mais arrête !

Leurs repas terminés et leurs cafés bus, les deux hommes repartent au travail. L'après-midi se passe rapidement entre relecture des différentes dépositions, griffonnages, suppositions aussi vite montées que démontées faute d'éléments, sans compter les différents rapports d'enquête en retard à remettre à leur capitaine.

***

Max, Cécile et Baptiste arrivent au cirque. Il y a déjà beaucoup de monde qui attend à la caisse. Comme tous les trois ont déjà leurs billets, ils prennent la direction de la ménagerie. Les premiers animaux qu'ils voient sont les chevaux, de magnifiques équidés blancs, « des lusitaniens » leur affirme Max, qui est un féru de cirque depuis toujours, il a lu tous les ouvrages qu'il a pu trouver, tous les articles qui en parlaient. Ces chevaux sont en quasi-liberté, leur enclos est seulement délimité par des piquets, écartés les uns des autres d'environ un mètre cinquante, et d'un ruban blanc. Puis ce sont les cages des fauves qui se dressent devant eux. Dans la première, se trouvent les lions. Plus précisément, un grand lion de couleur ocre, avec une énorme crinière flamboyante, d'un superbe brun foncé, il se prélasse majestueusement dans le fond de la cage. Avec lui, trois lionnes à la robe fauve, toutes aussi belles. Dans la suivante, ce sont les tigres. Il y a deux grands spécimens du Bengale à la robe rousse, rayée d'épaisses bandes sombres et un plus petit, blanc, certainement plus jeune mais tout aussi splendide. Ensuite vient une cage plus petite : c'est celle de l'ourson qu'ils ont vu le premier jour sur la place. Il est habillé comme lors de la parade. Plus loin, on peut voir des animaux tels que des chameaux, des lamas, des chèvres naines, qui ne sont là que pour la ménagerie, pour montrer qu'ils n'existent pas seulement dans les livres. Les enfants ont même le droit de leur donner un peu de nourriture que leur a précédemment distribuée un petit bonhomme rondelet, à l'entrée de l'enclos des petites biques. Max et Cécile sont émerveillés.

— Il est temps d'aller s'installer, le spectacle va bientôt commencer, leur dit Baptiste.

Arrivés à l'entrée du chapiteau, une hôtesse les prend en charge et les conduit à leurs places, juste au bord de la piste, en face de l'entrée des artistes.

Place au SPECTACLE ! Roulement de tambour… Les lumières s'animent de toutes parts… Monsieur Loyal apparaît. Ce n'est autre que Basile Borzatti.

— Mesdames, Mesdemoiselles, Messieurs. Bienvenue au cirque Borzatti ! C'est avec grand plaisir et une grande fierté que je vous accueille ce soir, sous ce grand chapiteau, où sous vos yeux vont évoluer d'éminents artistes. Nous allons commencer, avec un numéro exceptionnel où se mêlent bêtes et homme. Voici…

Et là il est interrompu par des aboiements. Un caniche blanc vêtu d'un manteau rouge à paillettes et d'un petit chapeau assorti, fait son entrée, poursuivi par un clown maladroit qui trébuche à peine arrivé sur la piste. Les rires fusent de tous les côtés. Le chien, ayant fini son tour de piste, est reparti dans les coulisses. Quant à son maître, il se relève, tout penaud, se figeant devant Monsieur Loyal, ne sachant que dire pour s'excuser de cette interruption. Basile le somme de quitter les lieux et finit sa présentation en appelant Davy Horse et ses chevaux.

Les quatre équidés entrent en scène en parfaite synchronisation dans un trop presque militaire, gauche droite gauche droite gauche droite… Leur écuyer les suit puis se positionne au centre de la piste. Il fait ce qu'il veut de ses chevaux : tantôt au pas espagnol, tantôt au trop, assis, couchés, révérences, puis au galop… Et pour terminer par le salut de la reine. Époustouflant ! Lorsque tous les cinq quittent la piste, c'est un tonnerre d'applaudissements qui monte dans les gradins. Les enfants sont admiratifs, les adultes tout aussi ébahis. Monsieur Loyal réapparaît en faisant l'éloge de ce premier artiste lorsqu'il est de nouveau interrompu par le clown Auguste qui amène une table.

— Et c'est pour faire quoi ça ? le questionne Basile, tu ne vois pas que j'étais en train de parler ?

Sans lui répondre, le clown se tourne vers l'entrée des artistes et fait un signe : son acolyte, le clown blanc, arrive avec une panoplie de magicien qu'il dépose sur la table. M. Borzatti se retire en demandant un nouveau tonnerre d'applaudissements, cette fois pour les deux compères, même s'ils n'étaient pas prévus à ce moment du spectacle. Mais vous connaissez les clowns, leur singularité est de n'en faire qu'à leurs têtes, conclut-il. Leur numéro commence par une dispute, puis les divers tours de magie du clown blanc s'enchaînent, s'achevant toujours par un échec : le bouquet de fleurs qu'il a sorti de sa manche se trouve n'être qu'un bouquet de tiges, la colombe n'est pas apparue quand il le voulait, puis est allée se percher au sommet de son chapeau pointu ne voulant plus en partir, le lapin n'est jamais sorti du chapeau noir qui s'est avéré être sans fond... Pendant ce temps, l'Auguste fait le tour de la piste en singeant son acolyte ce qui provoque l'hilarité de l'assistance. De nouveau une dispute éclate lorsque le clown blanc s'aperçoit du numéro de son compère et finit par la fuite de l'Auguste qui a chapardé la baguette de l'apprenti magicien. Le clown blanc range alors ses affaires dans sa valise, plie la table qu'il place sous son bras et quitte la piste en haussant les épaules, signe de désolation, sous les rires incessants du public ! Roulement de tambours. Des coulisses la voix de M. Loyal s'élève en annonçant un numéro spectaculaire ! En effet, les trapèzes tombent du ciel.

— Je suis fier de vous présenter Francesco Borzatti au trapèze accompagné pour la première fois par la jeune Christina !

Les deux artistes entrent en piste en courant, se séparent et grimpent aux échelles cordées qui les mènent à leurs accessoires aériens. Lui est habillé d'un très beau costume noir à paillettes. *Sans doute en hommage à sa sœur,* pense Baptiste car il a remarqué que sur toutes les photos qu'il a pu voir, le jeune homme était toujours haut en couleur. Elle, a revêtu un justaucorps d'un rouge lumineux. Leur numéro est très envolé. Sauts périlleux, changements de trapèzes, de nombreux exercices plus difficiles et périlleux les uns que les autres, mais très aériens, forçant l'admiration de tous. C'est ensuite au tour des acrobates de faire leur entrée : acrobaties au sol, sauts divers, pyramide humaine... La troupe montre ainsi l'étendue de son talent, son agilité, sa souplesse, son adresse. Le numéro terminé, Monsieur Loyal réapparaît et annonce l'entracte. Un vendeur de glaces, de cacahouètes et de friandises variées circule entre les sièges. Pendant ce temps, la cage des fauves est montée. Un quart d'heure plus tard, le spectacle reprend.

Dans un rond de lumière, M. Loyal apparaît au milieu de la fanfare qu'il présente au public, et appelle Alexis pour son extraordinaire numéro de domptage. L'homme entre le premier dans l'arène. Puis c'est au tour des lionnes et leur lion de faire leur apparition, suivis des tigres. Les sept félidés s'installent sur leur tabouret respectif. Le dompteur les fait sauter d'un siège à l'autre, passer dans des cerceaux, d'abord éteints, puis en flamme, tout cela en faisant claquer son fouet. La foule est époustouflée. Cet homme donne vraiment l'impression qu'il a affaire à de simples gros chats, tellement il les manipule avec facilité. Le numéro se termine avec le magnifique rugissement du lion qui rappelle à tous que ce sont bien des animaux sauvages. Leur exhibition finie, les fauves reprennent le chemin de leurs cages et le dompteur reçoit une ovation. M. Loyal reprend la parole le temps du démontage de la cage, qui s'effectue très rapidement, pour féliciter Alexis et annoncer le numéro suivant : la belle Katerina au ruban aérien. Elle fait son entrée avec grâce et légèreté. Elle aussi porte une superbe tenue moulante brillant de mille feux. Elle vole au-dessus de la piste et joue avec son ruban avec une agilité et une facilité déconcertantes. Les effets de lumière, ajoutés à la technique de la jeune femme, donnent une dimension féerique à son show. Vient le tour de Enrique Caballero et de son fabuleux cheval. Un frison à la robe noire, à la longue crinière fournie et soyeuse. Il est d'une incroyable prestance et très gracieux. Ils vont tous deux très bien ensembles et semblent ne faire qu'un. Cet exercice de voltige est tout aussi impressionnant que tout ce qui a été vu jusqu'à présent. Puis, c'est le retour des clowns dans un numéro de jonglage : d'abord avec des balles, puis des cerceaux, des massues… Badaboum, badaboum, badaboum… Une galipette et puis s'en va. Le spectacle touche à sa fin sous une pluie de bravos et d'acclamations.

En sortant du chapiteau, Max et Cécile sont tout excités :

— C'était super ! Merci Baptiste.

En arrivant devant leur porte, l'excitation est toujours aussi vive et commence une description détaillée de tout ce qu'ils ont vu ce soir à leur mère. Baptiste les quitte après avoir bu un dernier café.

Sandrine le raccompagne jusque sous le porche de son entrée, lui dit une dernière fois au revoir, et le regarde s'éloigner vers sa voiture. Dans son jean, on devine des jambes musclées et un joli fessier qui a l'air de l'être tout autant. Son tee-shirt noir laisse lui aussi apparaître des formes arrondies, signe d'une belle musculature. Elle l'admire ainsi jusqu'à ce qu'il arrive à hauteur de l'automobile. Il se retourne et lui fait un dernier signe de la main en guise d'au revoir auquel elle répond de la même manière souriante. *Il y a vraiment trop longtemps que je suis seule moi !* Se dit-elle, en passant sa porte.

— Les enfants, il est temps d'aller se coucher ! Allez brosser vos dents !

— Mais maman je n'ai pas fini de te raconter,

— Max on verra demain, il est l'heure d'aller au lit ! Dépêche-toi ! Allez ouste !

CHAPITRE SEPT

Le lendemain

Grâce au témoignage de Lorette, l'habilleuse et costumière de Lucinda, Baptiste découvre que la jeune femme avait confié à son ancienne nourrice qu'elle vivait une passion torride avec l'un des artistes du cirque : Enrique Caballero. Au début, ces deux-là ne se regardaient même pas. Puis, petit à petit, ils apprirent à se connaître et devinrent très complices. Cependant, personne ne s'était rendu compte de rien, tout le monde les pensait très amis. Lucinda ne voulait surtout pas que son père apprenne sa liaison de peur d'être séparée de son amant. Enrique quant à lui trouvait cela complètement ridicule à leurs âges de cacher leur idylle, mais comme c'était le souhait de sa dulcinée il faisait avec. Ils se voyaient donc très tard dans la nuit, une fois que plus un seul rayon de lumières ne traversait les fenêtres des roulottes.

L'interrogatoire de Enrique nous ramène quelques mois en arrière. Il fait le récit de son histoire avec une grande émotion non dissimulée dans la voix. Il raconte les balades nocturnes dans les rues des diverses villes et villages traversés par le cirque, les pique-niques improvisés sur les plages de la Méditerranée, les éclats de rire qu'ils avaient ensemble... Tout dans ses dires montre un amour sans limite, une adoration sans borne pour la jeune femme, pour son visage, son corps, sa chevelure, sa grâce, sa beauté, son regard... Tout indique dans les descriptions de cet homme que ces deux âmes partageaient un amour intense. Comme dans tous les couples, il y avait quelques fois des disputes. La plupart du temps, la raison en était le secret de leur idylle. Lui aurait voulu avouer au monde entier ses sentiments, concrétiser leur relation en se fiançant. Elle, ne voulait rien dire et garder leur histoire précieusement pour eux seuls. Elle disait que toutes les plus belles histoires d'amour, étaient celles qui étaient cachées aux autres. Que si personne ne savait, personne ne pourrait détruire leur relation.

— Je n'ai jamais compris, confie le jeune homme, mais je l'aimais tellement que j'aurais fait n'importe quoi pour la garder !

— Justement, si ce soir-là elle avait voulu tout arrêter, qu'auriez-vous fait ?

— Mais vous êtes malade ou quoi ! Vous ne pensez quand même pas... il baisse la tête en la secouant de droite à gauche et la prend entre ses mains, comme pour stopper le flot des émotions qui se bousculent. Retenant ses larmes, il ajoute :

— J'aurais été effondré, c'est la femme de ma vie, mon grand amour, mon seul amour, je ne sais même pas comment je vais réussir à continuer sans elle. Quand je l'ai quittée elle était bel et bien vivante. Contrariée et en colère mais vivante vous m'entendez ! VIVANTE !

Laissant échapper son chagrin qu'il cachait depuis bien trop longtemps, il éclate en sanglots en hurlant que ce n'était pas possible, pourquoi elle, qu'allait-il devenir, pourquoi était-ce arrivé ?

Baptiste essaie de le calmer tant bien que mal en lui expliquant qu'il ne fait que son travail, qu'il ne peut éliminer aucune piste sans en avoir étudié tous les points, que c'est pour toutes ces raisons qu'il est obligé de lui poser toutes ses questions même si certaines sont plutôt désagréables, afin de parvenir à l'élucidation de ce drame.

Après quelques autres questions, il laisse partir Caballero en lui demandant de ne pas quitter la ville avant la fin de l'enquête. Puis il fait signe à l'homme qui attend dans le couloir, d'entrer dans son bureau. Les deux artistes, en se croisant se saluent et l'interrogatoire de Francisco peut commencer :

— Comment se passait votre relation avec votre sœur ?

— Comme dans toutes fratries, il y avait des hauts et des bas. Mais nous nous adorions, nous ne pouvions pas passer une journée sans se voir, ni même se chamailler maintenant que j'y pense… ajoute-t-il l'air songeur.

— Et professionnellement parlant ?

— Comme vous le savez déjà nous avions un numéro ensemble. Elle était fabuleuse, je ne trouverais jamais une partenaire comme elle.

— Et Christina ?

— Elle a du talent certes, mais elle ne s'élèvera jamais au niveau de Lucinda ! Ma sœur est née avec cette étincelle que ne possèdent que les plus grands artistes. Notre numéro était porté par elle ! Elle l'illuminait de sa grâce naturelle, de sa souplesse, de sa prestance… Personne ne peut, ni ne pourra l'égaler, c'était inné chez elle.

— Et ça ne vous a jamais posé de problème que ce soit elle la meilleure ?

— Bé non pourquoi ? C'était ma sœur et puis je suis très doué aussi !

— Vous lui connaissiez des ennemis ?

— Lucinda ? Vous plaisantez ? Elle était adorée de tous ! Toujours un sourire aux lèvres, à l'écoute des moindres petits problèmes de chacun, partout où elle passait les regards se tournaient sur elle… Vraiment je ne vois pas qui aurait pu la haïr !

— Justement ça peut énerver. Vous ne voyez personne qui aurait pu tout du moins l'envier, envier sa vie… ?

— Non vraiment je ne vois personne.

— Et Caballero ? Vous étiez au courant qu'ils se fréquentaient tous les deux ?

— Caballero ? Avec ma sœur ?

— Elle ne vous avait rien dit ?

— Vous savez on est frère et sœur, ça ne veut pas dire qu'on n'a pas de secret l'un pour l'autre. Et puis elle a toujours été discrète sur sa vie amoureuse. Déjà quand on était gosse elle avait eu un fiancé, c'était le fils d'une artiste à l'époque où mon père faisait encore son numéro de trapéziste, eh bien je ne l'ai su que récemment alors vous pensez, ce qui se passait actuellement dans sa vie !

— Vous n'aviez donc aucun soupçon sur cette romance ?

— Non aucun. Même si j'avais aperçu des regards, elle m'avait dit que je me faisais des idées. En fait en y repensant, ça crevait les yeux qu'ils s'aimaient ses deux-là !

— Vous pensez donc qu'elle l'aimait ?

— Vous savez je ne peux pas vous dire oui à cent pour cent mais je pense car lorsqu'il entrait sur la piste elle avait les yeux qui pétillaient. Et je ne crois pas que c'étaient les chevaux qui lui faisaient cet effet-là !

— Très bien mais pensez-vous qu'elle l'aimait autant que lui l'aimait ? Croyez-vous que…

— Attendez, j'ai peur de ne pas vous suivre ou plutôt si au contraire ! Comment pouvez-vous croire un instant qu'il aurait pu la tuer ? Puisqu'il l'aimait !

— L'amour est souvent un mobile d'homicide vous savez.

— Parce que vous pensez que ce pourrait être un meurtre ? ! Je croyais que c'était un banal accident de la route ? Vous avez dit vous-même que c'était sûrement ça !

— Je n'écarte aucune piste…

— Peut-être mais je connais Enrique depuis des années et je peux vous dire qu'il serait incapable de faire du mal à une mouche ! Il suffit de le regarder pour s'en rendre compte, c'est tout bonnement impossible !

— Eh bien je n'ai pas d'autre question. Je vous remercie de tous ces éclaircissements et je ne vous retiens pas plus longtemps, je pense que vous avez plein de choses à faire.

— Merci. Et ôtez-vous de la tête l'idée que Enrique y soit pour quoi que ce soit dans cette histoire, c'est vraiment inconcevable !

CHAPITRE HUIT

Dans le même laps de temps…

C'est la panique à la ménagerie. Ce matin, lorsque Davy est arrivé pour nourrir ses chevaux, il n'y en avait plus un seul dans l'enclos. Même le frison de Enrique avait disparu. Pourtant tout le monde sait que ce cheval n'est jamais très loin de son maître qui a d'ailleurs beaucoup de mal à le mettre dans l'enclos pour passer la nuit. Si ça ne tenait qu'à la bête, elle dormirait juste devant la porte de son propriétaire ! Il court jusqu'au bureau du directeur en criant :

— Monsieur BORZATTI ! Monsieur BORZATTI !

Basile se montre alors dans l'embrasure de sa porte, à moitié habillé, son bras gauche en train de passer dans ses bretelles, demandant quel est ce raffut.

— Les chevaux ont disparu ! hurle Davy. Venez ! Ils ne sont plus là je vous dis !

Tous deux s'éloignent en courant vers l'enclos. Ils sont vite rejoints par Alexis, alerté par les cris de son camarade. Paul et Louis, les deux clowns, rallient le groupe, le dernier annonçant la disparition de Blanche, sa colombe. Il s'en est aperçu il y a à peine cinq minutes, lorsqu'il est sorti sur sa terrasse pour y boire son café. La cage était ouverte, et vide. Il a appelé son oiseau mais celui-ci ne s'est pas encore montré. Commence alors la visite de la ménagerie. L'inquiétude grandit sur tous les visages à mesure que la compagnie avance. Ils passent devant l'enclos des chameaux et des lamas, il n'y a pas âme qui vive. Celui des chèvres, même constat.

Basile compose le numéro de la gendarmerie sur son téléphone mobile. La standardiste après avoir écouté les raisons de son appel, lui enjoint de rester calme et lui indique que les secours ne devraient pas tarder.

Lorsqu'ils arrivent devant la cage du petit ourson, la porte est déverrouillée mais l'animal est toujours là, blotti au fond de la cage contre l'énorme peluche représentant une grande ourse que Basile lui a installé pour qu'il se sente moins seul. Il dort paisiblement, apparemment il n'a pas été perturbé par le départ des autres animaux. Arrivés devant la première cage des fauves, leurs cœurs s'emballent. La fermeture est déverrouillée mais la porte est toujours close. Davy se presse pour refermer le loquet. Ouf ! C'est un soulagement pour tous de voir qu'aucun lion ne manque à l'appel !

C'est à ce moment-là que retentissent des sirènes. Ce sont celles des pompiers. Le chef d'agréé, un petit homme tout rond mais très leste, est le premier à poser le pied à terre, suivi promptement par son équipe : deux hommes et une femme.

Arrive ensuite une voiture de gendarmerie. Basile leur fait un rapide résumé de la situation : tous les animaux ont disparu excepté les fauves et le petit ourson. Bien sûr qu'il veut porter plainte ! Ces bêtes n'ont pas pu s'évader toutes seules ! Les pompiers ont déjà commencé les recherches alors que leurs homologues gendarmes se mettent en quête de preuves pour confondre le coupable : choses moins aisées qu'il n'y parait puisque les traces de pas sont mêlées les unes aux autres. En effet, les artistes en faisant le tour de la ménagerie, ont effacé partiellement la plupart des empreintes du visiteur. Quant aux empreintes digitales, il est probable que l'on ne pourra rien en tirer du fait que la seule cage des fauves qui ait été ouverte, a été refermée par Davy.

Le premier animal à être retrouvé est l'oiseau du clown blanc. En effet, celui-ci reparti vers sa roulotte avec son compère pour lui offrir un café, est accueilli par des roucoulements. Le volatile s'est posé sur le toit de son domicile. Paul a beau appeler sa complice, celle-ci a décidé de le faire tourner en bourrique ! Elle s'est approchée quand il a crié son nom mais s'est mise à lui voleter autour, lui chantant dans les oreilles, se pose sur sa cage, s'envole à nouveau pour revenir se percher sur sa tête mais repart aussitôt pour atterrir sur le toit. Ce spectacle fait partir Louis dans un irrésistible fou rire. Il est immédiatement réprimandé par son ami qui le somme de l'aider à rattraper Blanche au lieu de se moquer de lui ainsi ! C'est à cet instant que cette dernière se décide à se poser sur le bras de son propriétaire, sentant sûrement grandir son agacement. Celui-ci la prend délicatement de sa main libre et la replace dans sa cage. Du coup, il rejoint son acolyte dans son hilarité et tous deux prennent enfin leurs cafés, bien mérités !

Une fois installés sur la petite terrasse, ils voient Enrique apparaître à dos de cheval. Quel ne fut pas son étonnement lorsqu'il a vu son fidèle destrier l'attendre devant la gendarmerie ! Du coup, trouvant cela plus que surprenant, il n'a fait ni une ni deux, a chevauché sa monture et est rentré au galop. À son arrivée, il est aussitôt mis au courant de ce qui venait d'arriver et se joint d'emblée aux recherches.

Le soir venu, après des heures de marche et de battue pour tous, il ne manque plus que deux chèvres naines à l'appel. Celles-ci sont ramenées un peu plus tard dans la soirée par un paysan, propriétaire d'une ferme isolée du village, qui a été très surpris de trouver ces deux-là dans sa cour en rentrant des champs.

— Ne manque plus qu'à savoir ce qui s'est passé,

commente Basile. Les gendarmes nous tiendront au courant.

— Heureusement que c'est notre soir de repos, car j'avoue que je ne vais pas tarder à m'endormir ! Je suis épuisé ! La journée a été trop éprouvante pour moi ! Bonne nuit à tous ! les salue Enrique.

— Bonne nuit, lui répondent-ils tous en chœur.

CHAPITRE NEUF

Du côté de Baptiste, la soirée s'annonce longue. Après cette journée d'interrogatoires, il a ramené tout le dossier de l'enquête chez lui et espère trouver les réponses manquantes. Loin du brouhaha de la gendarmerie, son esprit travaille plus facilement. Son instinct, depuis le début lui suggère que la mort de cette femme est l'accomplissement de la jalousie d'une personne. Seulement, qui ? Il relie une à une toutes les dépositions qui ont été enregistrées sur cette affaire. Tous s'accordent à dire que Lucinda avait tout pour elle : beauté, talent, respect. Puis il observe les photos de la scène du crime.

Le téléphone se met à sonner. C'est Sandrine qui l'appelle pour lui demander s'il a déjà dîné :

— Non, je n'y ai même pas pensé !
— Tu travailles encore ou quoi ?
— Comment t'as deviné ?
— Je commence à te connaître, quand quelque chose te passionne, tu ne lâches pas. Fais une pause et si tu veux, viens manger. J'ai fait des spaghettis à la bolognaise, je sais que tu adores ça et comme d'habitude, j'en ai fait pour un régiment ! Alors je t'attends !
— Laisse-moi cinq minutes et j'arrive !
— À tout de suite.

Il n'en faut pas moins pour qu'il monte en voiture et prenne la direction du domicile de son amie. Après tout, il a assez travaillé pour aujourd'hui.

Ils passent à table dès son arrivée et les pâtes sont vraiment fabuleuses. Les enfants vont se coucher aussitôt leur dessert avalé car il y a école demain, ils ont déjà veillé suffisamment pour ce soir. Baptiste ne tarde pas à rentrer aussi car la fatigue commence chez lui à se faire sentir.

Lui non plus ne mettra pas longtemps avant de s'endormir.

***

Lorsque le réveil sonne ce matin, Baptiste a du mal à sortir du lit. Pourtant, il a bien dormi. Il s'étire puis se lève enfile son t-shirt et descend prendre son café. Sa tasse à la main, il s'installe sur le canapé et observe les photos qu'il a laissées sur la table basse hier soir. Il s'attarde sur une, celle d'une vue d'ensemble de la scène funèbre. Quelque chose le trouble mais il ne saurait dire quoi. Il attrape le dossier de l'autopsie, le relie. Puis son café terminé, il range tout dans son porte-documents, monte prendre sa douche et passer son uniforme.

À peine arrivé à la gendarmerie, Gaby l'informe qu'on a trouvé l'identité de la personne responsable de la libération des animaux. Il s'agit d'un quinquagénaire déjà connu des services pour des faits similaires. Leurs collègues sont partis tôt ce matin pour le domicile du suspect. Ils ne devraient plus tarder à revenir maintenant.

En lisant le dossier que lui a tendu son ami en arrivant, Baptiste s'aperçoit qu'il connaît bien cet homme : c'est Guy Mecenas, un ami de son père. Cela faisait des années qu'il ne l'avait pas revu, l'homme n'étant pas revenu dans son village natal depuis que son fils avait trouvé la mort dans un accident de voiture en rentrant d'une soirée un peu trop arrosée. Les souvenirs de Baptiste lui reviennent en mémoire : lorsqu'il était enfant, il se souvient qu'il lui racontait de merveilleuses histoires sur les animaux. C'est un homme qui a fait le tour du monde au gré des différentes causes qu'il a tenu à soutenir tout au long de sa vie, et sûrement pour longtemps encore !

Comme le soir où il lui a raconté comment dans les immenses espaces blancs de la banquise, il avait sauvé un bébé phoque en le cachant dans son traîneau, passant ainsi devant les braconniers qui les massacraient afin de récupérer leurs fourrures et les vendre au plus offrant. Une autre fois, il était en chine pour se battre contre le massacre des baleines, puis en Afrique, pour lutter contre les trafiquants d'ivoire, en Asie, pour sauver les pandas… Enfant, Baptiste éprouvait une immense admiration pour cet homme qui le faisait voyager à travers ces différents récits. Son rêve était alors de pouvoir un jour l'accompagner dans une de ces expéditions mais son père s'y était toujours opposé. Il ne comprenait pas alors les raisons de ce refus qui maintenant lui semblent évidentes. Cependant, il est toujours aussi admiratif mais devant faire respecter la loi, il ne peut cautionner ses actes.

Baptiste n'entend pas le téléphone sonné, Gaby répond, raccroche le combiné rapidement et appelle son collègue à plusieurs reprises. Il s'approche de lui en agitant la main devant ses yeux le tire de ses pensées :

— Ouh ouh, Baptiste, reviens parmi nous !

— Hein ? Quoi ? Qu'est-ce qui se passe ?

— Eh bé ! T'étais parti où mon vieux ? Ça fait cinq bonnes minutes que je t'appelle !

— Excuse-moi…

— Allez viens, le suspect est arrivé, on va l'interroger.

— Le suspect, ah oui, euh…

— Qu'est-ce que t'as ?

— Je ne sais pas si je pourrai, je...

— Qu'est-ce que tu racontes ? T'es le meilleur ! Tu vas lui tirer les vers du nez en moins de deux ! Allez amène-toi !

En arrivant devant la porte de la salle d'interrogatoire, Baptiste prend une grande inspiration et entre. Guy ne le reconnaît pas tout de suite. Lorsqu'il a quitté le village, Baptiste était en première année de fac de droit. Il se destinait à une carrière d'avocat mais s'est arrêté à l'issue de sa troisième année, obtenant sa licence. Il a passé le concours de gendarme et a décroché un poste à Paris. Quelques années plus tard, quand son père est tombé malade, il a obtenu sa mutation dans la région.

Finalement, l'interrogatoire est mené par Gaby qui expose les faits pour lesquels le suspect a été conduit dans ces locaux. Guy ne nie rien et écoute le récit sans mot dire. Il a l'air d'être assez fier de ses exploits.

— Avez-vous autre chose à ajouter ? lui demande Gaby.

— Non rien. C'est juste. Je ne vais pas vous dire que ce n'est pas moi, je pense que les choses sont suffisamment claires.

Il est reconduit dans sa cellule après avoir signé sa déclaration.

Une fois tous les deux, Gaby interroge son ami sur son comportement étrange, celui-ci lui raconte alors cette partie de son enfance, l'amitié qui liait son père à Guy... Il lui explique que cela faisait tellement longtemps qu'il ne l'avait pas revu que tous ses souvenirs sont remontés d'un coup.

— Mais ne t'inquiète pas, tout va bien maintenant ! L'émotion a été tellement forte tout à l'heure ! Ça y est c'est passé ! D'ailleurs, on a réglé le problème des animaux échappés, mais avons-nous d'autres éléments

pour avancer sur l'enquête Borzatti ?
— Rien de nouveau pour l'instant.
— On va tout reprendre depuis le début, ce n'est pas possible quelque chose a dû nous échapper !

***

Pendant ce temps, au cirque Francesco s'entraîne avec sa nouvelle partenaire. Ils travaillent dur car leur numéro est loin d'être au point. Christina fait de son mieux mais le résultat n'est jamais celui escompté par le jeune homme. Elle se rend compte que passer derrière Lucinda n'est pas une tâche aussi facile que ce qu'elle avait imaginé. Francesco, malgré leurs prises de bec quotidiennes, vouait une admiration sans borne à sa sœur.
— Concentre-toi un peu, tu fais n'importe quoi ! Allez : on y retourne !
— J'ai besoin d'une pause là, je n'en peux plus !
— On n'a pas le temps, on doit assurer le spectacle de ce soir !
— Je sais mais là je suis fatiguée ! Je n'y arrive pas !
— Ça, je suis bien d'accord ! T'es nulle !
— Je sais tu me le répètes suffisamment ! Je n'arrive pas à la cheville de Lucinda ! Lucinda elle faisait ça comme ça ! Lucinda par ci, Lucinda par-là ! Mais elle est morte Lucinda ! Tu entends : elle est morte !
— Tais-toi ! Je t'interdis…
— Rien du tout tu m'interdis ! Réagis un peu ! On n'y arrivera jamais sinon ! Maintenant JE suis ta partenaire ! Là je suis fatiguée, je fais une pause d'une demi-heure ! À tout à l'heure !
Francesco est hors de lui, il n'en revient pas du comportement et des propos de sa nouvelle partenaire. Il ne pensait pas être désagréable. *Si elle ne supporte pas la critique, qu'elle change de carrière,* se dit-il,

sous le coup de la colère.

Christina revient comme annoncé, une demi-heure plus tard.

— Je suis désolée Francesco, je n'avais pas le droit de te dire tout ça ! Excuse-moi, je ne voulais pas te blesser !

— Ça va, ça va ! Ne t'inquiète pas ! Je l'ai peut-être un peu mérité : je sais que parfois j'en demande beaucoup, mais tu es douée tu sais ! Je te promets que je vais essayer de me contenir, mais tu sais, ce n'est pas évident pour moi…

— Oui je sais. Mais dis-toi que ce n'est franchement pas plus facile pour moi car ta sœur a mis la barre très haut !

— Elle était fabuleuse et puis je pouvais tout me permettre avec elle, justement parce que c'était ma sœur ! Elle me manque, tu n'imagines pas à quel point !

— Tu sais, elle nous manque à tous, lui répond-elle en le prenant dans ses bras.

L'étreinte est partagée, Francesco la serrant à son tour dans les siens.

***

Il est déjà tard quand Baptiste quitte son bureau, le dossier Borzatti sous le bras. Il traverse le hall de la gendarmerie et se rend sur le parking. En montant dans sa voiture, il a encore l'esprit perturbé par ces retrouvailles quelque peu inattendues. Il démarre et la voiture se met en mouvement, le ramenant chez lui. En passant la porte de sa maison, Baptiste dépose sa chemise sur le guéridon de l'entrée, et finalement, celle-ci restera à cette place jusqu'au lendemain. Il se dirige vers la cuisine, débouche une bouteille de vin blanc qu'il tenait au frais, attrape un verre et le remplit.

Allant ensuite dans le salon, il dépose le verre et la bouteille sur la table basse, se dirige vers le buffet, ouvre la porte de droite et en sort de grands albums photos. Assis sur le canapé, il regarde chacune d'elles avec une infinie tendresse, des photos de lui enfant, avec son père, avec des amis, des photos de classe, de lui à la remise de son diplôme, du mariage de son meilleur ami… C'est la tête et le cœur emplis de souvenirs qu'il monte se coucher.

CHAPITRE DIX

Non loin de là...

La mère d'Arthur essaie pour la énième fois de faire descendre son fils pour dîner, mais celui-ci se cantonne dans sa chambre :
— Je n'ai pas faim ! lui crie-t-il.
— Je ne comprends pas ce qui lui arrive, dit-elle à son mari, ça fait deux jours qu'il est comme ça ! Il rentre du travail, et va directement s'enfermer dans sa chambre !
— T'inquiète pas, ce n'est sûrement pas grand-chose ! Ça va lui passer !
— Je te dis que quelque chose ne va pas...
— OK, OK, j'irai lui parler tout à l'heure. Ça te va comme ça ? On peut manger maintenant ?
Ne lui répondant pas, elle pose le saladier sur la table et lui sert une bonne assiette de salade de riz.

Après le repas, Hugues monte voir son fils avec un plateau contenant une part de salade et une tranche de jambon de pays, une canette de coca ainsi qu'une crème au chocolat.
Lorsqu'il entre, il trouve Arthur devant son écran d'ordinateur, casque sur les oreilles en pleine discussion virtuelle avec Émeline, sa petite amie. Il tape sur l'épaule de son fils pour lui signaler sa présence. Celui-ci se retourne d'un bond, un éclair de panique illuminant ses yeux bleus l'espace d'une seconde, le temps de s'apercevoir qu'il était en face de son père.

— Eh bien ! Tu ne t'attendais pas à ce que je vienne ici. C'est le moins que l'on puisse dire, dit-il sur un ton qui se voulait taquin.

— Je ne t'ai pas entendu arriver…

— Ça ne m'étonne pas ! rétorque-t-il en désignant le casque sur le bureau. Qu'est-ce que tu écoutes ?

— Oh un vieux cd de ton époque, lui répond-il en montrant la pochette.

C'est un disque de Jacques Brel qu'il tient dans sa main. Ce qui n'étonne pas plus que ça Hugues puisque son fils aime tous types de musique et en particulier les chanteurs à texte comme on dit. Cependant, connaissant Arthur sur le bout des doigts, il sait que celui-ci n'écoute cet artiste que dans les moments de blues. *Je me demande bien ce qu'il lui arrive, il n'a pas l'air d'être brouillé avec Émeline puisqu'ils discutent ensemble sur le Net !* se dit-il.

— Alors fils ! Il y a un moment qu'on n'a pas discuté tous les deux ! Tu as un moment à accorder à ton vieux père ? Tiens, je t'ai amené de quoi manger.

— Merci. Laisse-moi deux secondes pour couper avec Émeline et je suis à toi.

— OK, lui répond-il en posant le plateau sur la table basse.

La chambre d'Arthur est une sorte de mini-studio : un lit mezzanine deux places, sous lequel est placé un clic-clac beige habillé de coussins noirs et d'un plaid polaire brun. Devant celui-ci, la table basse, suivie d'un meuble bas à tiroir sur lequel trônent un petit écran de télévision et un lecteur de DVD. Au-dessus, une étagère où sont entassés les films et compact-discs. Dans le coin à droite, décalé par rapport à la fenêtre qui elle est au centre du mur, le bureau avec l'ordinateur. De l'autre côté de la fenêtre, une bibliothèque garnie de divers ouvrages de tous genres et de toutes époques. Sur le mur opposé, quelques photos de famille et d'amis sont accrochées pêle-mêle sur un tableau aimanté, sous lequel on peut voir une commode à huit grands tiroirs. Tous les meubles sont en pin et les murs sont peints dans des tons bruns et sable, ce qui donne à la pièce une atmosphère chaleureuse. La porte par laquelle est entré Hugues donne face au canapé.

— Tu sais, finalement j'ai un petit creux. Et puis la salade de maman à l'air super-bonne !

Après une longue conversation entre père et fils, il est décidé que le lendemain matin ils iraient tous deux rendre une petite visite…

***

Dans le bureau de Baptiste, les deux gendarmes n'en croient pas leurs oreilles. Ce jeune homme a tout vu !

— Vous comprenez, commence Arthur, j'avais peur, je ne savais pas quoi faire, je suis parti je n'aurai pas dû mais…

— Reprends depuis le début s'il te plaît, l'interrompt Gaby, raconte-nous ton histoire et après on parlera de ce qui aurait dû être fait ou non.

— OK. Alors voilà. Je partais pour le bal donné dans le village voisin pour les fêtes. Mais il fallait que j'aille chercher Émeline chez elle avant. On devait ensuite rejoindre un groupe d'amis qui nous attendaient chez l'un d'eux près de la fête. C'est pour ça que je me trouvais sur cette route car Émeline habite deux rues avant l'endroit où le terrible accident a eu lieu ! Donc après qu'elle soit montée en voiture, j'étais arrêté au stop, quand j'ai vu cette voiture arriver à vive allure. Au même moment j'ai aperçu cette femme qui arrivait de la grande place en courant. Elle n'a pas vu la voiture apparemment car elle a traversé. La voiture a bien essayé de freiner mais la distance n'était pas assez importante pour pouvoir s'arrêter. Du coup, j'ai eu l'impression que le véhicule a accéléré quand le conducteur s'en est aperçu. L'impact a été bref mais violent. On aurait dit un vulgaire pantin. Elle est partie en l'air quand la voiture l'a tamponnée puis a rebondi sur le capot et a atterri sur le bas-côté. Émeline s'est mise à hurler de peur et moi j'étais tétanisé ! La voiture quant à elle, est repartie plus rapide encore qu'à son arrivée ! Sans s'arrêter ! Nous sommes restés là, sans bouger, à nous regarder avec Émeline. Puis nous avons décidé que nous n'avions rien vu que rien ne s'était passé, que c'était mieux comme ça, et nous sommes partis à notre rendez-vous sans rien dire à personne. Seulement, ce n'était pas rien, j'en suis conscient mais je ne savais pas quoi faire. J'aurai pu aller voir cette femme et lui porter secours, ça a dû être horrible pour elle…

— Ça n'aurait rien changé, le coupe Baptiste, elle n'a pas souffert, elle est morte sur le coup. Cependant tu aurais dû venir nous voir et nous raconter ça de suite.

— Je le sais maintenant mais sur le coup, je crois que j'ai paniqué, que l'on a paniqué ! Je sais que je n'y étais pour rien et que le fait de m'être enfui comme ça m'est préjudiciable ! J'aurai dû la secourir… Depuis, je fais que la voir : quand je ferme les volets de ma chambre, elle est là à me regarder, dans mes rêves, je revois l'accident tout le temps et chaque fois elle tourne la tête vers moi et me regarde comme si elle m'appelait à l'aide ! J'en ai des sueurs froides toutes les nuits, j'ai l'impression de la voir partout ! C'est horrible ! Je donnerais n'importe quoi pour avoir la possibilité de revenir en arrière mais c'est impossible…

— Je comprends bien que ces derniers jours ont dû être très pénibles pour toi et ce n'est pas fini. Je pense que tu vas pouvoir alléger ta conscience en répondant à quelques questions…

— Quelles questions ? Qu'est-ce que ça change ? Le mal est fait non ? Cette femme est morte.

— Bien sûr mais ce n'est pas toi qui l'as renversée mais tu étais là, par conséquent tu peux maintenant aider la famille de cette femme en te remémorant chaque détail. Cela peut nous permettre de retrouver la voiture et donc, le chauffard responsable de ce malheureux accident.

— Je vous ai déjà dit comment cela s'est passé, que puis-je vous dire de plus ?

— Par exemple, te souviens-tu plus précisément de la voiture : marque, modèle, couleur… N'importe quoi qui puisse nous aider, un détail que tu aurais remarqué…

— Je ne sais pas, la voiture il me semble qu'elle était blanche ou du moins très claire, de petite taille

— Très bien, continue.

— Quant à la marque je ne suis pas sûr car je n'ai pas vu de signe mais je dirais peut-être une Peugeot, une 205 ou une 106. Vous voyez, ce genre quoi.

— OK. Vois-tu autre chose ?

— Non je ne vois pas, je suis désolé, dit-il entre ses larmes, qu'est-ce qu'il va m'arriver maintenant ? Je vais aller en prison ?

— Non ne t'inquiète pas, ça va aller. Rentre chez toi, je m'occupe du reste, ton témoignage devrait nous être très utile, finit Gaby en espérant le rassurer un peu.

***

De retour chez lui, Arthur est soulagé d'avoir parlé de son secret aux gendarmes. Son sentiment de culpabilité vis-à-vis de la mort de cette jeune femme s'est évanoui avec la naissance de celui d'avoir aidé la justice à s'accomplir. Même s'ils ne retrouvent jamais la personne responsable de cet accident, il se sent libéré d'un énorme poids. Pourquoi a-t-il eu peur de se confier avant finalement ? C'est sur cette interrogation que le jeune homme rejoint sa mère dans la cuisine et l'aide à préparer le déjeuner, comme il le faisait avant cette histoire.

CHAPITRE ONZE

Cet après-midi-là, Baptiste reçoit le rapport qu'il avait demandé au brigadier, après le départ d'Arthur. C'est la liste des garages dans un rayon de trente kilomètres. La liste est assez conséquente car rien que sur la commune il y en a déjà quatre, et les villages se succèdent dans cette région. Mais le brigadier a déjà bien avancé le boulot puisqu'il a surligné ceux qui avaient procédé à un remplacement de phare depuis la date de l'accident. La liste a été réduite à vingt et un garages dans le secteur des recherches.

De son côté, Gaby arrive avec les analyses des fragments de verre de l'accident :
— Tu vas être content : on sait quel type de voiture est impliqué !
— Eh bé dis me le, au lieu de tourner autour du pot !
— Je ne sais pas, je vais peut-être te laisser batailler encore quelques minutes…
— Arrête ça Gaby, t'es pas drôle ! rétorque Baptiste un peu agacé.
— OK, ça va je te le dis : c'est une 205 Peugeot la coupable !
— Super ! C'est un modèle qui n'a été vendu qu'à très peu d'exemplaires, ironise son coéquipier.
— Certes. Cependant ça a quand même sérieusement réduit la liste de coupables potentiels.
— En effet, regarde j'ai la liste des garages qui ont effectué cette réparation. On n'a plus qu'à y aller.
— L'après-midi va être longue mon ami !

***

Pendant ce temps au cirque, Basile erre. Il cherche des traces de sa fille partout. Et bien sûr, tout lui rappelle Lucinda. Tiens ! Cette poutre-là, c'est là qu'elle a fait ses premières figures acrobatiques, Francesco était d'ailleurs très fier de sa petite sœur, il l'encourageait sans cesse quand ils étaient enfants. Et là, c'est la roulotte où ils se cachaient tous les deux quand leur père les avait réprimandés. Maintenant il passe devant la voiture avec laquelle ils allaient tous les deux faire les annonces du spectacle lorsqu'elle avait dix ou douze ans. À l'époque Pierrot ne faisait pas encore partie de l'équipe. Il revient vers sa roulotte, et s'assoit sur les marches, face à celle de sa fille. Rien n'a bougé depuis son départ. Il se dit qu'il faudrait qu'il la vide, fasse le tri dans ses affaires… Il verra ça avec Francesco bientôt… Trop tôt… Il n'en a pas la force. Elle lui manque terriblement. Il reste assis là une bonne partie de l'après-midi à rêver que rien n'a changé, que Lucinda va arriver, qu'elle se sera chamaillée avec Francesco comme d'habitude, elle sera en colère après son frère mais après leur discussion elle sera de nouveau calme et joyeuse et s'en ira en courant le rejoindre, lui déposera tendrement un baiser sur la joue, signe d'oubli de leur dispute… *Mais ça ne se passera pas comme ça,* se dit-il tristement.

***

Après le boulot, Baptiste s'est arrêté pour boire un verre frais au snack-bar. Lorsque Sandrine arrive avec sa menthe à l'eau, il lui demande à quelle heure elle finit et l'invite à dîner chez lui. Elle accepte mais sous réserve que la baby-sitter soit disponible car elle ne veut pas laisser les enfants seuls toute une soirée. Cécile a beau avoir douze ans elle est encore un peu jeune pour s'occuper du dîner et du coucher de son frère.

La soirée se passe à merveille, tous les deux sont ravis d'être ensemble, ils ont des conversations animées, vont de fou rire en fou rire, se remémorent leur enfance, leurs joies et leurs peines. Puis après quelques verres, Sandrine avoue à Baptiste qu'elle a très mal vécu son départ, lorsqu'il est entré à la gendarmerie, et a commencé à travailler loin d'ici. À l'époque elle ne pensait pas être amoureuse de lui, mais lorsqu'il est parti, un vide immense s'est formé au fond de son cœur. Elle avait eu l'impression d'avoir perdu un membre de sa famille. Et puis Paul était là. Il l'aimait depuis sa plus tendre enfance. Alors elle est tombée amoureuse de lui, mais pas d'un amour passionné, seulement, elle se sentait bien auprès de lui et ce bonheur-là lui suffisait. Ils se sont mariés et ont eu Cécile, puis Max. C'est tout naturellement qu'ils ont choisi de faire Baptiste parrain de ce petit garçon. Puis Baptiste est revenu ayant obtenu sa mutation pour son village natal. Peu de temps après, Paul est parti… Elle a été blessée bien sûr de cet abandon mais au fond d'elle, elle savait qu'elle n'était pas seule puisque son meilleur ami, Baptiste, était auprès d'elle. Elle a toujours pu compter sur lui, et de jour en jour, petit à petit, elle s'est rendu compte, qu'il tenait une place très importante dans sa vie. Baptiste lui déclare alors que pour lui aussi ces sentiments ont toujours existé, mais qu'il les avait mis de côté pensant qu'ils n'étaient absolument pas partagés, ayant toujours été tous les deux les meilleurs amis du monde, confidents, s'entendant aussi bien que s'ils avaient été frère et sœur.

— C'est d'ailleurs un peu pour ça que je suis parti…

Puis je suis revenu pour mon père, pour toi un peu aussi... Il y avait Paul et...

Sandrine l'arrête en l'embrassant. D'abord surpris, il lui rend enfin son baiser. Tendre, passionné. En fait, ils s'aiment depuis très longtemps mais la vie les avait malicieusement empêchés de s'en rendre véritablement compte.

Lorsque Sandrine rentre chez elle, elle a le cœur léger. Elle est tout simplement heureuse comme jamais elle ne l'avait été auparavant. Baptiste de son côté, s'endort tout aussi empli de bonheur, le goût de ses lèvres sur sa bouche, le souvenir de sa peau si soyeuse... Il aurait aimé que Sandrine reste dormir mais elle lui avait démontré qu'il était plus raisonnable qu'elle rentre. Les enfants auraient trouvé étrange que leur mère ne soit pas là à leur réveil.

— Mais ce week-end je ne travaille pas et toi non plus tu m'as dit ?

— En effet, dès l'affaire bouclée, j'aurais quelques jours de libre.

— On n'a qu'à prévoir d'aller à la mer avec les enfants, on leur dira tout et la prochaine fois,

— Tu resteras, l'a-t-il coupé.

Que cette pensée lui est douce...

CHAPITRE DOUZE

Il est six heures trente du matin quand Baptiste arrive au cirque avec Gaby et deux brigadiers. Il se dirige d'abord seul vers la roulotte de Christina, et trouve garée à côté de celle-ci, la Peugeot 205, la plaque d'immatriculation correspondant bien à celle donnée par la casse. En effet, hier, la tournée des garages n'ayant rien donnée, il a téléphoné à la casse et a découvert que quelqu'un avait acheté un phare d'occasion le lendemain de la mort de Lucinda. L'accident devient de ce fait un meurtre. Et c'est Christina qui en est le sinistre auteur. Ils viennent l'arrêter. Rejoint devant la roulotte par ses trois collègues, le major Adelin frappe à la porte. La jeune artiste ouvre et comprend qu'elle est démasquée. Elle enfile sa veste, et leur tend ses poignets.

Arrivée dans le bureau de Baptiste, elle ne pose aucune difficulté à raconter son histoire : depuis leur enfance, elle avait toujours secrètement jalousé Lucinda. Elles étaient amies depuis toujours mais elle l'enviait. Lucinda avait tout : la beauté, le talent, un numéro à elle alors que Christina faisait partie de la troupe d'acrobates, le cirque allait lui revenir puisqu'elle était la fille de Basile et de ce fait devenir sa patronne. Mais tout cela elle l'avait accepté : c'était comme ça, on n'y pouvait rien. Et puis il y a eu Enrique… Elle enrageait de la voir roucouler avec Caballero. Depuis son arrivée, il lui a tout de suite plu. Elle s'était confiée à son amie, et savait que Enrique ne ressentait rien à son égard. Elle les a surpris tous les deux le jour de leur arrivée dans ce bled. Aucun des deux ne s'en est aperçu. Mais elle savait. Dès cet instant elle s'est sentie trahie par son amie et depuis, tout son être criait vengeance !

    Ce soir-là, après le spectacle, elle a pris la voiture du cirque pour aller faire un tour au bord du lac à une dizaine de kilomètres. Elle avait envie de se retrouver seule avec elle-même et de marcher au bord de l'eau. C'est alors qu'elle a vu cette silhouette au bord de la route. Elle a d'abord ralenti son allure mais quand elle a reconnu Lucinda, elle a accéléré dans un accès de rage et l'a renversée. Après l'impact, elle a continué à rouler en direction du lac, mais s'est finalement arrêtée dans un sentier de forêt perpendiculaire à la route, assez loin toutefois pour que les voitures ne la voient pas depuis la chaussée. Elle est sortie de son véhicule et a examiné les dégâts à la lumière de la lampe torche qui se trouve toujours dans la boîte à gants. Il y avait beaucoup de sang sur le pare-chocs et le capot mais apparemment seulement le phare droit était cassé. En revenant au cirque, au vu de l'heure tardive, toutes les caravanes étaient éteintes. Elle a pu, du coup, nettoyer le sang sur la voiture sans être ni aperçue, ni interrompue. Elle s'est levée tôt le lendemain pour aller acheter un phare de remplacement.

    Elle l'a changé elle-même. Ça a été très facile pour elle, elle est plutôt douée en mécanique auto. Lorsqu'elle était enfant, elle allait souvent en vacances chez son oncle et sa tante maternelle. Son père ayant épousé une fille d'une famille établie dans une ville que le cirque avait traversée, une partie de sa famille vit sédentairement dans cette cité. Son oncle y est garagiste, et lorsqu'elle venait lui rendre visite, il lui apprenait son métier. C'est comme ça qu'à l'âge de dix ans elle a fait sa première vidange...

    Donc, le lendemain de l'accident elle est allée tôt le

matin dans la casse la plus proche et a déniché un phare d'occasion pour la 205. Au cirque personne n'a rien vu car la décision qu'elle remplace Lucinda n'a été prise que dans l'après-midi. Ce ne pouvait être qu'elle, car étant l'amie de Lucinda elle était souvent là lors des répétitions pour l'encourager, et connaissait ainsi une bonne partie de son numéro. De plus, Basile l'avait souvent vue s'entraîner au trapèze et avait eu l'idée de l'incorporer au numéro de ses enfants dans un futur proche. Il lui en avait parlé mais elle hésitait à accepter, trouvant que leurs talents à tous les deux étaient bien plus grands que le sien. Cette conversation était restée entre Basile et elle car tant qu'elle n'était pas prête, le directeur du cirque ne voulait pas en parler à Lucinda et Francesco.

Gaby s'occupe de compléter le rapport d'enquête pendant que Baptiste informe le procureur par téléphone. Il appelle ensuite Sandrine et lui confirme qu'il est disponible pour le week-end.

FIN

Tome 2

Le château Montplaisance

CHAPITRE PREMIER

Roseline

L'employée de maison est occupée à préparer les chambres d'hôtes dans la dépendance lorsqu'elle entend un bruit sourd. Roseline lève la tête du lit qu'elle refait, tend l'oreille. Un deuxième coup de feu retentit. Elle laisse tout en plan, sort en toute hâte et se dirige vers la grande maison. Elle a à peine mis le pied dehors qu'une troisième déflagration se fait entendre. Elle presse le pas. Le silence qui suit ne la rassure pas vraiment. Ce calme ne lui dit rien qui vaille. Gagnée par l'inquiétude, elle accélère encore, parcourant maintenant la distance en petites foulées.

Elle court ainsi jusqu'au bâtiment principal, s'arrête quelques secondes devant le perron pour reprendre son souffle. Elle monte les quelques marches qui la séparent de la porte d'entrée restée grande ouverte, rapidement sans même s'appuyer à la balustrade, et entre dans la maison. Elle n'entend plus un bruit, ce qui l'inquiète un peu plus. Une fenêtre claque. Elle suit le son et rejoint le grand salon.

— Oh mon Dieu ! s'écrie-t-elle en entrant dans la pièce.

Elle se précipite vers le corps étendu à même le sol. Le torse de la victime se soulève encore sur un rythme saccadé. Elle ferme les yeux lorsque Roseline s'agenouille à son côté. Une mare de sang l'entoure déjà. La quadragénaire appelle mais personne ne répond. Le jardinier doit être au fond de la propriété, la cuisinière n'est pas encore arrivée. Il est tôt, les autres employés ne seront à pied d'œuvre que deux heures plus tard. Elle sort son téléphone portable de la poche arrière de son pantalon en jean et compose le numéro des secours.

Lorsqu'elle raccroche, elle recueille le dernier souffle de son amie d'enfance. Elle la serre contre sa poitrine et laisse couler les larmes jusqu'à ce que les secours arrivent.

Personne n'a remarqué l'ombre filant à travers les vignes…

CHAPITRE 2

L'emménagement

Le week-end qui arrive s'annonce comme le début d'une nouvelle vie pour Baptiste. Il sait au fond de lui qu'il a - enfin - trouvé la femme de sa vie. Quand il pense qu'elle était juste là, à portée de main depuis si longtemps... Il n'ose croire à son bonheur et pourtant ! Sandrine va venir vivre avec lui, chez lui. La maison abritera leur amour, sans oublier les cris d'enfants. Il adore Max et Cécile et ces deux-là le lui rendent bien. Ce ne sont pas ses propres enfants mais pour lui c'est tout comme : il les a vus naître, grandir, il est le parrain de Maxime... Après des débuts un peu timides, les amours cachées ne le sont pas restées bien longtemps, pour son plus grand bonheur. Elles ont laissé place à une bien belle histoire. Sandrine ne voulait pas bousculer les enfants, ce qu'il comprend. Mais qu'elle ne fût la surprise de sa dulcinée lorsqu'elle s'est confiée à sa fille et lui a parlé pour la première fois de sa nouvelle relation avec Baptiste, Cécile s'est exclamée :

— Eh bien tu en as mis du temps pour m'en parler !

Sandrine, surprise par cette affirmation, lui a demandé depuis quand elle était au courant. L'adolescente avait depuis longtemps compris que ces deux-là étaient faits pour être ensemble. Elle avait deviné bien avant eux leurs attirances mutuelles, leur complicité et toutes ces petites choses qui font une évidence. Très vite elle a remarqué que leurs gestes étaient plus intimes et a deviné ce qu'il se passait. Elle les a même surpris à leur insu, échangeant un baiser langoureux sur le pas de la porte. Cécile a gardé le secret tout ce temps, attendant que sa mère soit prête à se confier. Elle ne voulait pas le faire tant qu'elle n'était pas certaine que cette histoire ne fût pas seulement une passade.

C'est donc le plus naturellement du monde que la suite s'est produite. Baptiste a proposé à Sandrine d'emménager dans la demeure familiale.

— Puisque nous n'avons plus à nous cacher, autant aller jusqu'au bout ! a-t-il argumenté le soir de sa demande, sans certitude pourtant que sa chère et tendre accepte. Celle-ci ne s'est pas fait prier et l'a tout simplement embrassé en lui disant :

— Mais évidemment que c'est oui ! Je me demandais surtout si tu allais me le demander un jour !

Cela fait un peu plus de six mois maintenant qu'ils sont en couple. Ils se connaissent depuis si longtemps que tout est fluide et naturel entre eux. Forts de ce constat, ils sont tous deux partis dans un énorme fou rire. S'en est suivie une merveilleuse soirée : dîner aux chandelles, dessert pris devant le feu de cheminée, confortablement installés sur le tapis moelleux à souhait du salon. Puis, Sandrine a passé la nuit dans ses bras, ce qui était une première. En effet, les deux amoureux se voyaient souvent mais se séparaient toujours pour dormir chacun chez soi. Même quand ils sont partis à la mer avec les enfants, chacun a dormi dans sa chambre.

— Tu comprends, pour les enfants je veux être là quand ils se lèvent le matin, lui disait-elle pour justifier son départ.

Il avait bien rétorqué qu'elle pouvait très bien de temps à autre les amener chez lui, il y a tellement de chambres ici. Et quand c'était lui qui était chez elle,

elle le chassait, prétextant qu'elle ne voulait pas perturber les enfants avec leur histoire tant que les choses n'étaient pas des plus sérieuses.

Max et Cécile, de leurs côtés, sont ravis de la tournure que prennent les événements. Ils ont toujours considéré Baptiste comme un membre de la famille et voir leur mère aussi épanouie et heureuse, cela faisait longtemps que ce n'était pas arrivé. Dès que celle-ci leur a annoncé qu'ils allaient tous les trois vivre chez Baptiste, ils se sont exclamés en chœur : « Enfin ! », ce qui a fait sourire Sandrine. Elle pensait à tort que les enfants n'étaient pas prêts à la partager. Son ego en a pris un coup. Max a eu une discussion avec sa sœur peu de temps après que Sandrine a elle-même parlé à Cécile. Sa fille n'a pas pu garder le secret vis-à-vis de son petit frère. Elle a bien essayé mais il était inutile de mentir devant les arguments imparables du garçonnet. Ils se sont donc tous deux joués des précautions que prenaient les adultes pour ne rien montrer de leur relation. Le jour où leur mère leur a annoncé que Baptiste lui avait demandé de venir emménager chez lui, ils se sont précipités dans leurs chambres pour commencer à empaqueter leurs affaires. Sandrine a eu un mal fou à leur expliquer qu'ils avaient du temps devant eux, que les choses ne se faisaient pas comme ça, qu'elle avait un préavis à donner à sa propriétaire pour commencer, que Baptiste et elle, devaient décider d'une date qui les arrangerait tous les deux. Exerçant chacun un métier où les horaires ne sont pas fixes, organiser leurs emplois du temps n'a pas été une mince affaire. Chacun de ses enfants est alors sorti de sa chambre, dans le même temps alors que Sandrine s'avançait dans le couloir. Elle ne put réprimer un sourire qui se transforma rapidement en éclat de rire à la vue de l'expression de ses chérubins.

— Quoi ? lancent Cécile et Max en chœur. Ce qui a eu pour effet de nourrir le fou rire de leur mère.

— Vous verriez vos têtes !

Le frère et la sœur échangèrent un regard et éclatèrent de rire à leur tour. Reprenant un peu de sérieux, Sandrine ne peut s'empêcher de les taquiner :

— Ravie de voir que vous savez trouver le chemin de vos chambres ! Profitez-en pour les ranger le temps que je prépare le dîner.

Les enfants obtempérèrent de mauvaise grâce, ce qui fit à nouveau sourire leur mère. Lorsqu'ils sont descendus, ils avaient déposé leur linge sale dans la buanderie et fait leurs lits.

— Un bon début, se dit Sandrine.

***

Trois mois se sont écoulés depuis et les voilà devant la maison à colombages au bout de l'impasse. Leur nouvelle maison ! Max est le premier à être descendu du camion mais n'a pas eu le temps d'arriver jusqu'à la porte d'entrée que Baptiste, tout aussi impatient que les enfants, a déjà ouverte. Le garçon lui a sauté dans les bras au milieu de l'allée et tous deux sont allés ouvrir la grille en fer forgé pour que Sandrine puisse avancer la camionnette, louée pour l'occasion, au plus près de la bâtisse.

— Salut ! lance Baptiste en ouvrant la porte du véhicule et tendant la main à sa douce.

— Salut ! répond cette dernière en lui déposant un baiser sur les lèvres. Le camion est plein à craquer et c'est loin d'être vide là-bas ! Prépare-toi à passer une grosse journée !

— Je n'attendais que ça ! répond-il avec un éclair

de malice dans les yeux. Tu veux un café avant que l'on ne s'y mette ?

— J'y compte bien ! dit-elle en brandissant une poche de viennoiseries. Les enfants n'ont pas déjeuné ce matin, tellement ils étaient pressés d'arriver ! ajoute-t-elle en riant.

Elle n'a pas fini de dire ça que les deux têtes blondes se sont précipités vers la maison. Baptiste les regarde passer, amusé. Celui-ci les embrasse et s'avance vers la conductrice pour l'aider à descendre. Elle manque de tomber en loupant la marche, trop haute de la camionnette. Il la rattrape d'un geste leste et la serre dans ses bras. Après l'échange d'un langoureux baiser, il la saisit par la main, rejoint les enfants et invite tout ce petit monde à rejoindre la cuisine, où du café et du chocolat au lait fumants les attendent. Chacun s'installe, se sert une tasse de son breuvage favori et se munit d'un croissant.

— Pendant que vous faisiez les cartons de votre côté, je vous ai fait de la place, engage Baptiste.

— Tiens donc ! s'exclame Sandrine. Puis, elle remarque que le plan de travail a été dégagé. Mais où se trouve ta collection de vieilles cafetières ?

— Tu parles d'une collection : trois cafetières !

— En comptant celle que tu as dans ton garage et celle présente dans ton bureau, ça commence à faire, le taquine-t-elle.

— Je n'ai gardé que la programmable dans la cuisine, lui répond-il, impassible. Ma cafetière à l'italienne a rejoint le placard ct j'ai amené l'autre au boulot.

Le temps que les enfants finissent de petit-déjeuner, Baptiste entraîne Sandrine dans le salon.

— Tu vois, ce n'est pas tout, dit-il avec espièglerie.

La jeune femme fait le tour de la pièce du regard, incrédule.

— Mais où sont passés tes meubles ?

— Comme je te l'ai dit, j'ai fait de la place !

— Je pensais déposer les miens au garde-meubles en attendant de les vendre...

— Je sais que tu tiens à certains. Donc j'ai fait du tri. Pour l'instant je les ai mis au garage, on verra ensuite ce que l'on en fait.

— Merci, dit-elle en se jetant à son cou.

Elle sait déjà qu'elle fera revenir au moins un des meubles de Baptiste dans cette pièce : le fauteuil à bascule de son père.

C'est le moment que choisissent les enfants pour apparaître dans l'encadrement de la porte.

— J'ai une surprise pour vous, annonce Baptiste en les conviant à monter.

En haut des escaliers, il fait choisir leur chambre aux enfants, à l'étage, entre les deux qu'il a vidées, Sandrine ayant précisé que ses enfants devaient garder leurs univers personnels. Elle n'en revient pas.

— Mais quand as-tu fait tout ça ?

— Gaby m'a aidé dans la semaine pour le bas, et on a fait les chambres il y a deux ou trois semaines.

Il montre à Max alors qu'il vient de choisir la chambre bleue, qu'il a aussi fait de la place dans les placards... Cécile, quant à elle, se voit attribuer la chambre jaune, juste en face de celle de son frère. Elle fait la moue car elle n'aime pas cette couleur.

— Ne t'inquiète pas, on va la repeindre, la rassurent les adultes.

Elle esquisse un sourire et demande :

— Je pourrai choisir ma déco alors ?

— Bien sûr. On ira le week-end prochain. Pour l'heure, nous avons du boulot, fait Sandrine.

Ils redescendent tous les quatre. Chacun a hâte de

commencer cette nouvelle vie.

Les portes du camion sont grandes ouvertes et chacun porte cartons après cartons et les dépose dans la maison. Lorsque l'encombrement est jugé trop important au salon, Sandrine se charge de les dispatcher dans les diverses pièces de la demeure en fonction du mot-clé inscrit dessus.

***

Baptiste n'a descendu qu'une dizaine de cartons lorsque son téléphone sonne… Le nom de son meilleur ami s'inscrit sur l'écran.

— Salut Gaby ! Dis donc tu n'aurais pas oublié de venir nous rejoindre ? assène-t-il sans avoir laissé le temps à son ami de placer un mot.

— Non je n'ai pas oublié mais ce sera pour plus tard. Il…

— Comment ça pour plus tard ? le coupe Baptiste, ça fait des jours que tu m'as dit que je pouvais compter sur toi ! On en a même reparlé hier.

— Je sais mais je n'ai pas le choix. Le bureau vient de m'appeler, il faut qu'on y aille.

— Comment ça « on » ? Je suis de repos ce week-end et Sandrine emménage justement aujourd'hui au cas où tu l'aurais oublié.

— Pas besoin de me le rappeler. Mais le crime n'attend pas ! répond Gaby sur un ton moins humoristique qu'il l'aurait voulu. Je ne peux pas t'en dire plus au téléphone, mais il faut vraiment que tu me rejoignes… Toutes les forces vives sont attendues au poste le plus vite possible, finit-il par dire sans laisser la moindre opportunité à Baptiste de contester.

Il a raccroché. Baptiste reste le combiné à la main, dubitatif, à écouter le « tut, tut, tut » du téléphone indiquant la fin de la communication.

Il regarde Sandrine d'un air chagriné, lui indiquant qu'il ne peut pas rester.

— C'est le boulot ! lui dit-il en guise d'excuses.

Que lui dire de plus, il ne sait même pas lui-même de quoi il retourne. Elle l'envoie se changer lui disant de ne pas s'inquiéter, qu'ils vont se débrouiller les enfants et elle avec le déménagement et que de toute façon il lui resterait largement de quoi faire quand il rentrera ce soir. Elle lui promet de laisser les meubles à descendre du camion et lui conseille de ramener Gaby avec lui car il ne sera pas de trop. Il y aura encore beaucoup à faire. Baptiste laisse donc sa dulcinée et les enfants à leurs cartons, se change rapidement, s'excuse une énième fois de devoir les abandonner à leur sort, et prend la direction de son bureau.

CHAPITRE 3

— La châtelaine de Montplaisance a été retrouvée ce matin dans son salon, abattue de trois balles. La légiste est déjà sur place et nous attend pour donner ses premières conclusions, l'accueille Gaby alors que Baptiste n'a pas encore dépassé le guichet de la réception de la gendarmerie.

— Rien que ça ! J'ai le temps de prendre un café à la machine ou pas ? le charrie Baptiste.

— Pas de temps à perdre Baptiste, on doit y aller là !

— C'est bon, j'arrive ! répond ce dernier, contrit.

Arrivés au château, Baptiste et Gaby retrouvent Aurélie, le médecin légiste. Après les bonjours et civilités d'usage, cette dernière commence l'énoncé de ses constatations. La châtelaine a succombé rapidement à ses blessures respectivement logées dans la cuisse, le bras et le cœur. Cette dernière s'avère être la balle fatale. Bien entendu, Aurélie leur fera parvenir ses conclusions définitives le plus rapidement possible. Pendant que son équipe prend photos et empreintes, Gaby et Baptiste vont interroger les personnes présentes.

Roseline, l'employée de maison, est prostrée dans un coin de la pièce.

— Pourquoi ne suis-je pas arrivée plus vite ? ne cesse-t-elle de répéter entre deux sanglots.

Baptiste la rejoint, se présente, la rassure comme il

peut en lui disant qu'elle a fait ce qu'elle devait faire et engage la conversation sur un ton se voulant plus confidentiel que formel. Roselyne calme peu à peu ses sanglots et brosse le portrait de la victime. Elle aimait beaucoup sa patronne qui le lui rendait bien. Le respect était réciproque entre les deux femmes qui se connaissent depuis longtemps.

— Depuis toujours, dit-elle à Baptiste, très émue.

— Comment ça ?

— Nous avons grandi ensemble dans le domaine. Ma mère travaillait dans cette maison à l'époque de Madame. Nous vivions dans un appartement de la maison des gardiens. Lorsque Mademoiselle Coraline était enfant, nous jouions ensemble, vous savez, nous avons à peu près le même âge. Ma mère nous faisait des gâteaux pour le goûter et Madame m'autorisait à rejoindre Coraline dans sa chambre quand il faisait mauvais dehors. Les jours où maman travaillait, et qu'il n'y avait pas école, je restais avec Coraline le temps que toutes les tâches ménagères de ma mère soient terminées. D'ailleurs, lorsque Madame est décédée, que Coraline a repris les rênes du domaine, elle m'a formellement interdit de l'appeler autrement que par son prénom, de même qu'elle-même m'appelait par le mien, comme nous l'avions toujours fait.

— Et vous n'avez jamais pensé quitter les lieux ?

— Non pourquoi ? Je me suis toujours sentie chez moi ici.

— Racontez-moi comment vous êtes entrée au service de Madame Carman ?

— Le plus naturellement du monde. Lorsque ma

mère n'a plus pu assumer sa tâche, c'est elle qui m'a recommandé à Madame. Celle-ci a consenti et je suis toujours là. Et puis, vous allez me trouver bête mais…

— Mais non continuez, je vous prie, l'encourage Baptiste.

— Eh bien, nous nous étions promis, enfants, de toujours rester ensemble. Cette promesse a été tenue jusqu'à ce jour… Sincèrement, de mon côté, je me sentais rassurée qu'elle ne me quitte pas. Je veux dire, je n'ai jamais été la plus téméraire de nous deux. Coraline était courageuse, et réussissait tout ce qu'elle entreprenait. Moi, j'ai toujours été plus réservée, pas très à l'aise avec l'inconnu. Donc rester ici, dans ce lieu si familier pour moi, était une évidence. Et puis mon mari travaille aux vignes depuis quelques années maintenant, je n'ai donc aucune raison de partir. Enfin, avec tout ça…

Elle laisse sa phrase en suspens, retenant ses larmes qui ne demandent qu'à jaillir de nouveau.

— Je ne vais pas vous ennuyer plus longtemps, lui dit Baptiste en lui tendant un mouchoir en papier. Je vous reverrai à mon bureau pour votre déposition. Pour l'heure, nous allons laisser travailler l'équipe médico-légale.

Il l'invite d'un geste à sortir de la pièce.

— D'accord, acquiesce-t-elle dans un sanglot, voyez comment ils m'ont mis la maison, j'en ai pour des heures à tout nettoyer, ajoute-t-elle comme pour se donner une nouvelle contenance. Quelqu'un a prévenu Monsieur ? demande-t-elle à la cantonade.

— Ne vous inquiétez pas, nous nous en occupons, lui

répond Baptiste.

Dans l'entrée, ils sont rejoints par un brigadier, enfin une femme brigadier, qui prend le relais auprès de l'employée. Baptiste laisse les deux femmes et se rend à l'extérieur.

À quelques mètres de la terrasse, Baptiste trouve son collègue et ami en pleine admiration du paysage. Des vignes s'étendent à perte de vue, seulement délimitées sur la gauche par la forêt domaniale. Elles entourent la demeure sur des dizaines d'hectares.

— Je ne m'étais jamais rendu compte de l'immensité de ce domaine, lance Baptiste en arrivant à hauteur.

— C'est exactement ce que je me disais, lui répond Gaby sans détourner le regard. Tu entends comme c'est calme et apaisant dans ce coin ?

— En effet, ne peut que constater Baptiste. Je ne te savais pas si proche de la nature ! ajoute-t-il en donnant un coup de coude « amical » dans les côtes de Gaby.

— Moi non plus pour tout te dire ! s'exclame le bonhomme avec un sourire. Du coup, je me dis que l'on serait bien dans un endroit comme celui-ci avec ma douce Jacinthe. Pour profiter de la retraite par exemple.

— Quelle retraite ? fait Baptiste soufflé par cette réflexion.

— D'ici cinq ans je peux y prétendre figure-toi, répond un Gaby pensif.

— Tu plaisantes ?

— Non. Il faut bien que je commence à y penser.

— Bah, on a le temps de voir venir. Quand tu auras fini de dire des âneries, on se remettra au travail ?

Gaby sort de sa contemplation et lui fait part de ses

premières impressions en rapport avec le désordre ambiant dans le salon. Il penche pour un cambriolage qui aurait mal tourné.

— OK. Creusons cette piste alors.

— Attends, ce n'est qu'une idée.

— Il faut bien commencer par quelque chose non ? Alors autant s'intéresser à cette piste. Nous verrons après. Mais au fait, que fais-tu dehors ?

— J'attends le jardinier.

***

D'après le jardinier, le couple Carman a eu une violente dispute quelques jours avant le voyage du mari. Ce qui était très rare. Le couple était connu pour son harmonie.

— Où étiez-vous lorsque vous avez surpris cette discussion ? lui demande Gaby.

— J'étais à la roseraie.

— Et où se trouvaient vos employeurs ?

— Au bord de la piscine. La roseraie se trouve juste derrière, au bout du chemin qui longe la piscine et borde le parc.

— Un peu loin tout de même ?

— Ils criaient vraiment fort, on aurait pu les entendre d'encore plus loin je pense. Enfin pas distinctement. Je veux dire, je n'ai pas compris tout ce qu'ils se disaient mais ce qui est certain : c'est que je ne les avais jamais vus en si grand désaccord. Monsieur faisait de grands gestes, alors que Madame criait de plus en plus fort.

— Avez-vous la moindre idée de ce qui aurait pu causer cette dispute ?

— Pas vraiment non. Comme je vous l'ai dit, je me trouvais à distance. Mais il me semble que cela avait un rapport avec le voyage de Monsieur.

— Ah ? Comment ça ? Il est négociant en vins donc je présume que les voyages d'affaires sont monnaie courante lorsque l'on exerce cette activité.

— En effet, Monsieur voyage de temps à autre mais il travaille le plus souvent d'ici. Madame ne supportait plus l'absence de son mari. Elle n'a jamais aimé ses déplacements mais à ma connaissance ne lui en a jamais fait part.

— Pourquoi ?

— Je ne saurai le dire. Je ne suis à leurs services que depuis deux ans mais je peux vous affirmer que cette fois, elle lui a demandé de rester. Elle ne voulait pas rester seule. Ça, je l'ai bien entendue le dire. Mais ce sont les seules paroles qui me sont vraiment parvenues jusqu'aux oreilles...

— Très bien merci. N'hésitez pas à me contacter si quelque chose vous revenait, dit le gendarme en lui tendant une carte.

CHAPITRE 4

En rentrant à la maison, Baptiste retrouve Sandrine dans la cuisine. *Cela sent rudement bon*, se dit-il.

— Qu'est-ce que tu prépares ?

— Il est tard. Tu aurais pu envoyer un SMS au moins.

— Je sais, je ne pensais pas en avoir pour si longtemps.

— Il te reste deux ou trois trucs à descendre du camion. C'était trop lourd pour les enfants et moi.

—OK j'y vais le temps que tu finisses ça.

— Il faut leur monter les lits aussi… Mais tu feras ça après avoir mangé c'est quasiment prêt. Gaby n'est pas venu avec toi ?

— Non comme il est tard, il n'a pas voulu déranger.

— N'importe quoi ! Tu sais très bien qu'il n'aurait pas dérangé.

— C'est notre premier soir dans cette maison, il a préféré nous laisser…

— Jolie attention. Tu peux m'attraper un plat s'il te plaît, c'est cuit !

— OK. Tu veux quoi ? Un plat long, plat, creux ? Tu ne m'as toujours pas dit ce que tu préparais ?

— Rien d'exceptionnel. Une omelette avec une salade verte.

— Tu as pris les patates en dés dans le congélateur ?

— Parce que tu as même des patates surgelées ! Tu sais que c'est très rapide de peler et couper quatre pommes de terre ! dit-elle en riant.

Pour lui qui est plus habitué à ouvrir une boîte de conserve ou réchauffer un plat surgelé, il ne lui en faut pas plus pour admirer le plat fumant tout juste sorti de la poêle.

Après un « à table » tonitruant, les enfants apparaissent et s'installent chacun sur un des tabourets du comptoir.

La cuisine est l'un des grands travaux entrepris par Baptiste dans cette maison. En effet, du temps de ses parents, la cuisine de taille importante était indépendante de la pièce à vivre. Il se souvient de la table en bois qui trônait en son centre lorsqu'il était enfant. Quatre chaises étaient disposées autour et deux autres, de chaque côté de la porte (disparue aujourd'hui), en attente de visiteurs. Il a lui-même fait tomber le mur séparant les deux pièces. La cuisine équipée n'a pas beaucoup changé. Ce sont les mêmes meubles jadis installés par feu son père, dont les portes ont été repeintes dans des tons moins vieillots. Il a quand même gardé la grande table en chêne mais l'a déplacée du côté de la salle à manger.

Le repas terminé, Max et Cécile s'installent au salon, allument la télévision et mettent leur série préférée.

Baptiste laisse Sandrine au nettoyage de la cuisine et grimpe à l'étage, monter les lits des enfants.

La vaisselle essuyée et rangée, Sandrine le rejoint avec les draps, couettes et oreillers qu'elle avait gardés dans des poches restées dans la voiture. Les couchages des enfants sont prêts en moins de temps qu'il n'en faut pour le dire. Heureusement car lorsqu'ils redescendent, Max et Cécile se sont endormis dans le canapé. Les adultes les observent un instant d'un même regard attendri.

— On dirait qu'il y en a deux qui ont passé une dure journée !

— C'est vrai qu'ils n'ont pas rechigné à la tâche. Ils m'ont bien aidée pendant que d'autres faisaient mine de travailler, finit-elle en taquinant Baptiste.

— Bien envoyé, répond-il bon joueur. Tu veux que je les porte jusqu'à leurs lits ?

— Ce ne sont plus des poids plumes, tu sais ! Tu risques d'y laisser ton dos, lui fait-elle remarquer en riant.

Sandrine réveille tendrement sa progéniture et les invite à regagner leurs pénates où ils seront mieux pour terminer leur nuit. Les enfants se lèvent comme des automates et montent l'escalier après avoir déposé chacun un baiser endormi sur la joue de leur mère. À l'étage, Cécile prend la première porte à droite, Maxime, la première à gauche, puis chacun s'affale sur son lit.

En bas, les adultes se sont installés sur le canapé. Le film vient de commencer. Sandrine n'en voit pas la moitié, s'endormant la tête sur l'épaule d'un Baptiste ravi de cette première soirée familiale.

***

Pendant ce temps dans le village d'à côté, des ombres naviguent de pièce en pièce dans la maison abandonnée des Lefèvre, partis le matin même en vacances. Personne n'a remarqué la voiture stationnée devant dans laquelle attend un homme. Il se demande encore comment il a pu se laisser entraîner dans cette histoire. C'est vrai qu'il cherchait à gagner un peu d'argent facilement et rapidement. Quand hier soir, il a demandé au barman s'il connaissait quelqu'un qui pourrait l'engager sans poser trop de conditions, l'homme assis à côté de lui au bar, n'a pas laissé le temps au serveur de répondre et lui a dit :

— Ça tombe bien : on cherche justement un chauffeur ! Si ça te dit ?

— Chauffeur ?

— Oui tu verras, ça paye bien. Il faut juste que tu saches conduire. Tu as ton permis ?

— Oui bien sûr, a-t-il répondu.

— Bien. Si tu n'as rien trouvé d'ici là, retrouve-moi samedi vers 21 heures au croisement de la départementale à la sortie de la ville.

— Samedi ? Mais c'est demain !

— En effet, répond l'homme en arborant un air malicieux, mauvais.

— OK.

Puis ils ont tous deux trinqué à leur future collaboration.

Il s'est donc présenté le lendemain au rendez-vous. C'était il y a deux heures. Une fois les présentations effectuées, et la certitude qu'ils étaient en confiance, les deux hommes lui ont expliqué leur plan.

— Facile ! Tu n'auras qu'à nous attendre au volant, a lancé celui qu'il ne connaissait pas encore.

Son « collègue », l'homme du bar, prénommé Vince, (chacun n'ayant donné que son prénom ou sobriquet), lui a garanti vingt-cinq pour cent des gains, le reste étant partagé entre les deux autres.

— Tu comprends, tu cours le moins de risque, a argumenté Vince. Gus s'occupe de repérer les « clients » et moi, de revendre la marchandise.

Il ne se voyait pas négocier de toute façon. Les rôles ainsi clairement définis, l'accord a été scellé d'une poignée de mains entre les deux hommes.

C'est comme cela qu'il se retrouve devant cette grande maison, assis au volant d'une BMW noire, vitre baissée, à fumer une cigarette. Une jolie berline série 3 aux lignes sportives. *Elle a dû coûter un bras*, se dit-il en en faisant le tour du regard. Les sièges en cuir clair sont moelleux, les vitres sont légèrement teintées, le tableau de bord est une pure merveille de technologies. Et puis, tout cet espace... L'homme est en plein essayage des diverses positions de son siège conducteur lorsque la malle s'ouvre. Surpris, il se redresse aussitôt, tel un enfant pris en train de faire une bêtise. *Ouf ! Vince n'a pas vu que je n'étais pas attentif*, ne peut-il s'empêcher de penser. Il se sermonne et reste à observer la rue le reste du temps que dure cette « visite ».

Après un premier aller-retour les bras chargés de matériel hi-fi en tout genre, ses acolytes reviennent avec leurs gros sacs noirs eux aussi visiblement bien lourds. Ils déposent le tout dans le coffre de la voiture et s'installent, l'un sur la banquette arrière et l'autre sur le siège passager.

— C'est bon, tu peux rouler, ordonne Vince toujours dans le rôle du chef de clan.

— On va boire un verre ? demande Gus.

— Pourquoi pas ? Tu es des nôtres, Steve ?

— Ça ne craint pas avec tout le matériel dans la voiture ? interroge ce dernier en tournant la clé pour mettre le contact.

Les deux autres échangent un regard amusé avant de répondre :

— Ne t'inquiète pas de ça, va. Où nous allons, les gens ne posent pas trop de questions.

La voiture démarre. Vince prend alors le rôle de copilote et indique la direction de leur pub fétiche. Ils se garent dans la petite ruelle adjacente donnant sur l'entrée de service. Lorsqu'ils descendent de voiture, les trois hommes se dirigent vers la porte en métal. Vince frappe trois coups puis ouvre à l'aide d'un petit badge rond et noir. Luc le regarde, interrogatif. Pour toute réponse, il obtient un haussement d'épaules de Gus qui lui passe devant et entre à son tour. Il referme la marche et la porte. Dans le bar de nuit, une table est réservée à leur intention. La serveuse les rejoint à peine se sont-ils installés. L'alcool coule à flots tout autour d'eux. Gus et Vince ont chacun une pinte devant eux tandis que Luc a préféré un modèle réduit avec un demi-citron. La soirée se passe entre descente de bières et parties de fléchettes, faisant presque oublier au petit nouveau du trio que ce soir, il avait commis un délit. C'est la première fois qu'il enfreint la loi. Il le leur dit et les trois hommes trinquent à ce constat.

La nuit est bien avancée lorsque la petite bande décide de se séparer. Steve, qui a moins consommé que ses acolytes, reprend la place du conducteur. Arrivés au point de rendez-vous du début de leur aventure, ils se saluent alors qu'ils sont encore dans la voiture. Steve descend. Gus récupère le volant de sa BMW, pendant que Vince lui dit :

— Rendez-vous demain au bar où on s'est rencontré. Je t'amènerai ta part. 19 heures.

La berline démarre sans lui laisser le temps de répondre. Il monte dans sa petite voiture : une "Super 5" de plus de vingt ans qu'il a retrouvée à son retour en ville, l'effet n'est pas le même lorsqu'il s'assoit au volant. Il se dirige vers son hôtel et se couche sans trop de tergiversations.

CHAPITRE 5

Lorsque cet homme élégant descend du train de 10 h 43, Gaby est impressionné : rien ne transparaît chez cet individu du drame auquel il est confronté. Il porte un costume trois pièces anthracite, son manteau plié sur son bras gauche, son attaché-case en cuir noir à moitié masqué par le pardessus. Il tient à peine son sac de voyage qu'il a nonchalamment jeté sur son épaule et se dirige droit vers le gendarme qui l'attend au bout du quai. Malgré son apparente « froideur », c'est un homme dévasté qui serre la main de l'adjudant Bourrasse. Celui-ci lui exprime d'emblée son soutien, conscient que le moment à venir ne va pas être des plus agréables. L'homme ne répond que d'un faible mouvement de tête, ses yeux expriment à eux seuls l'extrême tristesse dont il est accablé. Il se laisse mener jusqu'à la voiture sans formuler un seul mot. De même durant le trajet jusqu'à la gendarmerie, les deux hommes n'ont pas échangé deux paroles. *C'est peut-être mieux ainsi*, se dit Gaby devant le mutisme de son compagnon.

Pourtant l'esprit de Lucas tourne à plein régime depuis le coup de téléphone de la gendarmerie. Il a d'abord cru à une mauvaise blague, a laissé parler la personne puis a raccroché. Le téléphone a sonné à nouveau et là, il avait Rosaline en pleurs au bout du fil. Coraline a été tuée. C'est tout ce qu'il a retenu de la longue tirade qui a suivi ces quelques mots. Il a aussitôt réservé un billet de train pour rentrer au plus vite. La tête appuyée contre la vitre, il a passé tout le trajet les yeux fermés, ne voulant engager la conversation avec aucun des passagers partageant le même carré. Dire que les dernières paroles qu'ils se sont dites n'avaient rien d'agréables. Leur dispute, il en a oublié le sujet. Enfin pas le sujet en lui-même mais la raison de leur désaccord. Cela tournait autour des saisonniers à rappeler pour les vendanges. Coraline avait raison sans aucun doute, comme toujours. Lui, est monté sur ses grands chevaux, pressé d'en finir avec cette conversation qu'il souhaitait remettre à plus tard. Il avait son bagage à terminer et l'a quittée en lui disant, plutôt en lui hurlant, qu'il n'y avait pas d'urgence, qu'ils en reparleraient calmement à son retour. Raté.

Gaby se gare à la place qui lui est réservée sur le parking de la gendarmerie, sortant Lucas de ses pensées. « C'est vrai, se dit-il, ce n'est pas un mauvais rêve ».

— Monsieur, nous sommes arrivés.

Lucas descend de voiture, attrape son mince bagage et suit l'inspecteur sans dire un mot. Ce dernier s'arrête à un bureau, le sien, et lui enjoint d'y déposer ses affaires.

— Comme je vous le disais dans la voiture, reprend Gaby, la première chose que nous avons à faire est de nous rendre à la morgue. (Le mot résonne dans la tête de Lucas). Mais avant, voulez-vous boire un café pour vous remettre de votre voyage ?

— Non merci, répond sans ménagement Lucas. Ne perdons pas de temps et allons-y, puisqu'il le faut.

Gaby surpris par le ton employé de cet homme ne dit

rien et le précède dans le couloir. Il le conduit jusqu'à l'institut médico-légal deux étages plus bas. Lorsqu'ils sont arrivés devant la porte, le gendarme demande :

— Vous êtes prêt ?

Lucas le regarde d'un air un peu ahuri. « Bien sûr que non, je ne suis pas prêt, » se dit-il, mais il n'ouvre pas la bouche et fait seulement un léger signe de tête affirmatif. Tous deux entrent dans cet espace froid et austère. Ils sont accueillis par le médecin légiste. Après les salutations de rigueur, Aurélie les invite à la suivre. Elle se dirige vers les frigos comme elle les appelle et ouvre la deuxième porte à droite. Elle fait signe à M. Carman qu'il peut y aller et lui précise qu'il peut prendre tout le temps qu'il lui sera nécessaire. L'adjudant Bourrasse et elle-même resteront de ce côté-ci de la porte. Lucas entre alors dans la petite pièce. Seul. Il s'avance jusqu'à la table où est allongée une jeune femme, SA femme. Des larmes silencieuses roulent sur son visage d'homme sans qu'il ne puisse y faire quoi que ce soit. Il lui caresse le visage tendrement.

— Mon Amour, comment est-ce possible ? lui demande-t-il espérant qu'elle ouvre les yeux et lui réponde. Réveille-toi, je t'en prie. Que vais-je devenir sans toi ?

La réalité l'a rattrapé. Coraline n'est plus. Il laisse exploser son chagrin la tête laissée tombée sur son cœur, son corps est froid mais il ne le sent pas. Il reste ainsi prostré un moment. Il lui parle, lui enjoint de se réveiller même s'il sait très bien que cela n'arrivera pas.

Le contraste avec l'homme qu'à rencontrer Gaby tout à l'heure est saisissant. Puis, il relève enfin les yeux et l'observe un instant encore avant de rejoindre le gendarme et la légiste dans la pièce d'à côté. Il a perdu de son assurance, remarque aussitôt l'adjudant Bourrasse. Le docteur lui indique son bureau. Elle lui propose un siège et un verre d'eau. Elle lui explique qu'elle a quelques papiers à lui faire signer.

— Je sais que c'est un moment difficile, lui dit-elle, prenez tout le temps qui vous est nécessaire.

Il ne répond rien, l'écoute à peine. Ses yeux sont rivés sur la feuille posée devant lui, plus précisément sur les noms et prénoms inscrits : Coraline, Élizabeth de Montplaisance, épouse Carman. Les larmes coulent, silencieuses, alors qu'il appose sa signature sur les documents.

C'est un homme dévasté que Gaby reconduit à son étage. Sur le chemin les menant au bureau du gendarme, ils n'échangent pas beaucoup. Arrivés devant la table de travail, Lucas dit alors :

— Je veux bien un café maintenant, s'il vous plaît, demande-t-il, la voix empreinte d'une immense tristesse.

— Je vais vous le chercher, répond Gaby compatissant.

Lorsqu'il revient avec deux tasses fumantes, Lucas se met à lui parler de son épouse. Il lui raconte sa rencontre avec Coraline, comment il en est tombé amoureux à peine avait-il posé les yeux sur elle, comment il a mis du temps à la conquérir alors qu'elle éprouvait les mêmes sentiments, lui a-t-elle avoué plus tard. Il se sentait un peu comme Cendrillon, lui dans le rôle principal : lui l'ouvrier, elle, la belle héritière. Leur histoire, leur vie à deux, leur désir d'enfant ? Oui ils en voulaient mais ils se disaient qu'ils avaient le temps, ils n'étaient pas pressés : ça viendrait quand ça viendrait. Lucas parle de tout ce qui les concernait tous les deux : leurs passions, leurs disputes... Gaby l'écoute sans l'interrompre. Il ressent une réelle empathie et de la compassion pour cet homme dont le destin vient de lui jouer un mauvais tour. Il en a vu passé des maris, des épouses, des familles éplorées, certains se muent dans le silence, d'autres à l'instar de M. Carman, ont besoin de se raconter pour accepter cette nouvelle réalité sans l'être cher. Ce peut être immédiat ou prendre plus ou moins de temps. Dans le cas de cet homme, Gaby aurait parié au premier abord qu'il s'enfermerait comme une huître et ne dirait rien pendant des mois. Il s'est trompé et l'écoute attentivement, enregistrant mentalement tout ce qu'il entend. Parfois son esprit superpose des images de sa propre existence avec Jacinthe, avec des anecdotes du couple Carman. Lucas s'interrompt et s'excuse de déverser ses souvenirs ainsi.

— Cela me fait du bien, déclare-t-il simplement d'une voix triste et brisée.

— Si cela peut vous aider, il n'y a pas de mal. D'autant plus que cela peut aussi nous servir dans notre enquête vous savez.

— Comment ça ? interroge alors Lucas.

— Connaître les habitudes de la victime et de son entourage nous permettra de cerner sa personnalité et d'ouvrir quelques pistes...

— Je croyais que c'était un cambriolage ?

— C'est en effet notre piste principale. Mais cela ne sera confirmé que lorsque vous aurez fait l'état des lieux de vos biens disparus. En attendant, il ne nous faut négliger aucune piste.

Lucas a terminé son café et repose la tasse sur le bureau du gendarme.

— Merci, dit-il simplement à Gaby. Je ne vais pas vous déranger plus longtemps, j'imagine que vous avez beaucoup à faire. Il se lève et enfile son manteau. Alors qu'il récupère son sac, Gaby demande :

— Vous savez comment rentrer ? Je peux vous raccompagner si vous voulez ?

— Merci pour la proposition mais non merci. Je vais prendre un taxi. Il allie le geste à la parole en décrochant son téléphone et joint la compagnie avec qui il a l'habitude de se déplacer. Une fois la communication coupée, il ajoute :

— Le taxi sera là dans quelques minutes. Je n'ai plus qu'à vous dire à bientôt. Les circonstances font que nous allons vite nous revoir.

Un éclair de désarroi passe dans son regard, vite éjecté par un mouvement de tête. Il a repris une contenance d'hommes d'affaires, ne voulant pas montrer au monde l'étendue de son chagrin. Gaby n'est pas dupe après la conversation qu'ils viennent d'avoir mais n'en laisse rien paraître. Il lui souhaite bon courage et le raccompagne jusqu'à l'entrée de la gendarmerie.

— Voici ma carte. N'hésitez pas à vous en servir si

besoin, que ce soit pour l'enquête ou simplement pour bavarder.

— Merci, dit Lucas en s'éloignant après une vigoureuse poignée de mains.

Le taxi est déjà là. Ça a ses avantages de vivre dans une petite ville. Gaby regarde l'homme s'éloigner. En y regardant bien, malgré son allure digne, il a l'impression que le poids du monde s'est amassé sur le dos de M. Carman. La journée est bien avancée. Il est déjà 13 heures constate l'adjudant Bourrasse en regagnant son bureau.

CHAPITRE 6

À l'école, c'est l'heure de la récréation. Les enfants sortent des classes en courant. Alors que les filles investissent les bancs de l'école en petits groupes, les garçons ont récupéré un ballon et organisent deux équipes.

— Chou,

— Fleur,

— Chou,

— Fleur, lance à tour de rôle les capitaines autoproclamés de chacune des formations en mettant un pied devant l'autre dans le même temps. Le premier qui marche sur le pied de l'adversaire a gagné et commence à choisir parmi ses camarades. Pendant ce temps, d'autres déposent leurs manteaux de chaque côté de la cour, à distances équivalentes, délimitant ainsi les poteaux de but. Le gagnant commence a appelé un copain. Les équipes se forment. Personne ne prend garde à l'homme appuyé contre un arbre de l'autre côté de la grille qui observe la scène. Maxime est appelé, il fait un pas en avant en même temps que l'enfant rejoint son équipe.

— Comme il est grand, se dit cet homme en l'observant.

Il est trop loin pour bien discerner ses traits mais a déjà remarqué qu'il avait un teint hâlé ainsi qu'un don pour le football. Il court partout, est présent dans toutes les actions. Il rit lorsque son adversaire (et ami) n'a pas réussi à lui prendre le ballon. Il fait sa passe et permet à l'équipe de marquer son premier but. Le match ne dure qu'une dizaine de minutes. La sonnerie annonçant la reprise des cours retentit et scelle la victoire de l'équipe de Max.

Le contraste est impressionnant entre les filles, qui arrivent tranquillement et se mettent en rang devant les portes, et les garçons, qui courent jusqu'au lieu de rendez-vous après être passés boire quelques gorgées d'eau aux robinets sous le préau.

L'homme suit du regard les enfants rentrés en classe et quitte son poste d'observation. Il se dit qu'il reviendra les jours suivants. Peut-être finira-t-il par lui parler…

CHAPITRE 7

Le rapport d'autopsie arrive dès le lendemain sur le bureau de Baptiste. Aurélie s'y est mise dès la levée du corps. Il est vrai que la commune ne délivre pas un lot de cadavres important au médecin légiste. Alors quand cela arrive, elle cesse toute affaire en cours pour s'y consacrer. Du moins c'est ce que se dit Baptiste en ouvrant le dossier. Il lit le premier feuillet : « cadavre de sexe féminin, taille 1 m 62, corpulence moyenne (environ 60 kg). Cheveux mi-longs de couleur brune. Yeux verts. Les vêtements sont maculés de sang. La première balle a transpercé le bras, la deuxième, la cuisse, créant deux blessures.

La troisième, mortelle, a, quant à elle, transpercé le cœur. La victime a succombé à une hémorragie interne quasi immédiate due aux lésions de l'organe. Au vu des empreintes de poudre, le tireur se situait à quelques mètres de la victime… » Une note est inscrite dans le dossier indiquant que lorsque la légiste s'est aperçue que les balles avaient traversé la victime, elle a renvoyé une équipe ce matin les rechercher sur la scène de crime. Ils devraient revenir rapidement. Elle précise qu'elle procédera aux analyses supplémentaires en suivant et pourra alors en dire davantage sur le type d'arme utilisée, « d'ici quelques jours, au mieux », a-t-elle ajouté.

Une fois n'est pas coutume, Gaby Bourrasse arrive

après Baptiste sur leur lieu de travail. Celui-ci vient juste de se servir un café et lui conseille d'en faire de même, avant de le rejoindre en salle de réunion. Tous deux échangent sur l'enquête. La veille, Baptiste a passé l'après-midi à la gendarmerie a convoqué tous les employés du couple et les a tous reçus, avec l'aide de deux collègues dont il a lu les rapports, tandis que Gaby se chargeait de M. Carman. L'adjudant Bourrasse commence en disant :

— Le mari a rencontré son épouse une vingtaine d'années plus tôt. Il travaillait à la vigne comme saisonnier pour les vendanges alors qu'il faisait des études d'œnologie. Un véritable coup de foudre réciproque. Ils se sont très vite vus en dehors du travail et ont noué une relation forte instantanément. Ils ont convolé en justes noces une paire d'années suivant leur rencontre, après l'obtention de leur diplôme respectif. Comme tu le sais, il n'était pas sur place quand les faits se sont produits. Et si tu me permets une réflexion personnelle : je ne le vois pas dans le costume du meurtrier.

— OK. Si tu le penses… Mais ne l'écartons pas de la liste des suspects pour l'instant. Toutes les pistes sont bonnes à suivre et personnellement : je ne sens pas cette histoire de cambriolage. Cela me paraît trop gros pour être vrai.

— Attendons de savoir ce qui a été dérobé, veux-tu. Même si je suis d'accord avec toi je dois l'admettre, ce serait trop simple un cambriolage qui a mal tourné. Cela ressemble à une mise en scène un peu précipitée… Mais je le redis : cet homme n'y est pour rien ! J'en suis convaincu.

— Soit, l'avenir nous le dira. Qu'est-ce que tu as d'autre ?

— Hier, une fois que M. Carman est parti, j'ai fait des recherches sur Mme Coraline Carman, notre victime. Elle est née Coraline, Élizabeth de Montplaisance, seule héritière du château du même nom, lieu du crime, le trente mai dix-neuf cent quatre-vingt-cinq. Sa mère, Isabelle, Geneviève de Montplaisance a eu un frère mort-né. Son père, Jean-Pierre, Édouard, Lucien Lejeune, fils unique également. Ils ne se sont jamais mariés et n'ont pas eu d'autre enfant que notre victime. Tous les deux sont artistes : elle peintre, lui, compositeur.

— Par voie de conséquence, ni oncles, ni tantes, ni cousins à rechercher, la liste de suspects s'en trouve considérablement réduite !

— En effet, on peut le voir comme ça. Je continue ? demande Gaby sans avoir réellement l'intention de s'arrêter sur sa lancée. Le couple Carman n'a pas d'enfant. Elle, a hérité du domaine à la mort de sa grand-mère qui l'a élevée. Même si ses parents habitaient aussi au château, toute la famille occupait la grande demeure, chacun avait son espace dédié, les grands-parents occupaient le rez-de-chaussée, ses parents le premier étage, Coraline quant à elle, possédait une des suites du dernier. Celui-ci en possède trois pour recevoir les amis. Lorsqu'elle s'est mariée, elle a investi le premier étage, plus spacieux, et ses parents se sont vus octroyer une des chambres d'amis. Cela ne leur a jamais posé de problème puisqu'ils étaient toujours par monts et par vaux du fait de leurs activités. Enfant, sa grand-mère a préféré la garder avec elle, afin qu'elle ne soit pas constamment changée d'école, au grand soulagement finalement de ses parents, qui ne rentraient à la maison que de façon épisodique. Ceux-ci sont décédés dix ans plus tôt, peu de temps après le mariage de leur fille unique. Lors d'un périple, ils ont succombé au crash de leur avion. Un petit appareil d'une compagnie locale.

— Cela l'a beaucoup affectée malgré le peu de relations qu'elle entretenait avec ses parents. Ils lui ont toujours témoigné beaucoup d'amour malgré leur éloignement, aux dires de Roseline, l'employée de maison et amie de longue date de la victime, l'interrompt Baptiste. Je l'ai vue à nouveau hier, ajoute-t-il.

— En effet. Pour finir mon exposé : notre victime a appris la vigne avec son grand-père et l'amour de l'histoire de la maison familiale par sa grand-mère. Pour préserver le domaine et entretenir les bâtiments, elle a très tôt fait transformer l'ancienne maison de maître et celle du gardien en maison d'hôte. Son mari m'a d'ailleurs raconté qu'elle nourrissait ce projet depuis son plus jeune âge. Déjà enfant, elle trouvait que c'était un beau gâchis de ne pas exploiter cette partie du domaine. Elle a rapidement convaincu sa grand-mère que c'était un plus que de pouvoir recevoir des hôtes au domaine, aussi bien pour promouvoir son activité viticole mais également pour éviter d'entretenir des bâtiments vides sans usage précis. Le projet a donc démarré alors qu'elle entamait à peine ses études d'hôtellerie. Le domaine compte un total de huit chambres à louer ainsi qu'une belle salle de réception, réservables tout au long de l'année. Avec l'activité viticole centenaire, le domaine emploie huit personnes, sans compter Coraline et Lucas Carman. Le nombre des employés est plus élevé lors de la saison des vendanges.

— OK. La liste des employés annuelle m'a été communiquée par Roseline. Il reste à demander celle concernant les saisonniers. Les vendanges se sont terminées récemment donc la liste de cette année doit être fraîche dans les mémoires. De plus, j'imagine que ce sont pratiquement les mêmes à chaque saison mais…

Ils sont interrompus par l'un de leur collègue qui leur annonce l'arrivée de M. Carman. L'homme souhaite parler à l'adjudant Bourrasse.

— Très bien je vais le recevoir ici. Ça ne t'ennuie pas ? dit-il en s'adressant à Baptiste.

Ce dernier regroupe toutes les feuilles du dossier et quitte la salle avant que Lucas n'y soit conduit.

***

À quelques kilomètres de là, un nouveau cambriolage a lieu, dans une maison isolée. Steve a été étonné quand Vince l'a appelé la veille pour lui parler de ce coup. L'idée que cela se passe en plein jour l'a empêché de fermer l'œil de la nuit. Mais une fois arrivé devant la grande bâtisse, il a tout de suite compris que c'était peut-être même moins risqué que les précédentes visites dans des quartiers pavillonnaires. D'ailleurs, ses acolytes prennent tout leur temps pour visiter les lieux, il se fait la réflexion que la voiture n'a jamais été aussi remplie en en faisant le tour. Personne en vue, pas un voisin avant deux kilomètres. Il peut donc se dégourdir un peu les jambes le temps que Gus et Vince fassent leurs « emplettes ». Il se demande comment ils trouvent ces adresses. À chaque fois qu'ils arrivent dans une maison, celle-ci est toujours vidée de ses occupants. « Il faudra que je leur demande un jour quand même ! » se dit-il alors qu'il écrase sa cigarette sous sa chaussure. Il ramasse le mégot et le dépose dans le cendrier du véhicule pour ne laisser aucune trace comme le lui a indiqué, à bien y réfléchir il pourrait aussi bien dire sermonner, Vince la dernière fois.

CHAPITRE 8

Ce matin la cour de récréation est déserte au grand dam de l'homme qui vient tous les jours à la même heure s'installer tantôt sur le banc, tantôt appuyé contre l'arbre le plus proche de la grille. En prenant garde de ne pas être à la vue des élèves. Il se dit qu'ils ne vont pas tarder à sortir et qu'il va enfin l'apercevoir. La sonnerie retentit. Pas un mouvement. Aucune porte ne s'ouvre, personne n'apparaît. Il reste planté là, incrédule, jusqu'à ce que la deuxième sonnerie se manifeste, celle qui habituellement indique aux élèves qu'ils doivent regagner leurs classes. Il n'a pas reçu le mail adressé aux parents indiquant que l'école sera fermée ce jour en raison des caprices de madame météo. Il est vrai que la cour est recouverte d'un manteau blanc comme tous les monuments, bâtisses et végétation de la ville. Fait assez rarissime de ce côté-ci du pays pour bloquer la vie citadine. Il s'en retourne, penaud, vers sa chambre d'hôtel...

***

— Quelle chance ! s'exclame Max en regardant par la fenêtre de sa chambre.

Il regarde un moment les flocons virevolter. Un spectacle dont il ne se lasse pas mais tellement rare dans la région qu'il reste à les observer danser.

Pile le jour où Sandrine est en repos, ils vont pouvoir profiter de la journée, d'autant qu'aujourd'hui il n'y a pas école. Alors que sa sœur n'est pas encore levée, il demande à sa mère, depuis le haut des escaliers, s'il peut aller jouer dehors.

— Doucement, ta sœur dort encore !

— Oups pardon, répond-il, pas vraiment navré.

Il est 10 heures, il pensait être le dernier à se lever.

— Viens donc prendre ton petit-déjeuner plutôt ! La neige ne va pas fondre pour autant. Il est prévu qu'elle tombe ainsi jusqu'à demain, lui dit Sandrine en glissant un pancake encore fumant dans l'assiette de son fils.

Ce dernier vient s'asseoir sans conviction mais se pare d'un large sourire en découvrant ce que sa mère a préparé.

— Chouette ! lance-t-il en attrapant la pâte à tartiner.

— Essaie d'en laisser à ta sœur quand même, dit Sandrine en éteignant le feu et glissant la dernière crêpe sur la pile.

Elle regarde son fils se délecter de son petit-déjeuner. Elle attrape sa tasse de thé et le rejoint à table. Elle prend un disque doré, le sucre, et regarde Max en tartiner un autre. Le temps qu'elle le rejoigne, il en a déjà englouti trois. Cécile arrive à ce moment-là.

— Eh ça sent trop bon ! dit-elle en passant la porte de la cuisine. Max tu me prêtes ton assiette s'te plaît ?

— Tu n'as qu'à aller en chercher une ! lui rétorque-t-il.

— Max, donne-lui, ordonne sa mère. D'autant plus que tu viens de terminer ton petit-déjeuner.

— OK, fait ce dernier en tendant ladite assiette à sa sœur, attrapant ensuite son bol pour aller le déposer dans l'évier.

Une fois le petit-déjeuner terminé, rangé et la place faite nette, tous les trois sont partis s'habiller, les enfants avec un peu plus de hâte qu'à l'accoutumée. Dehors, la neige les attend. Ils commencent par faire quelques pas autour de la maison, heureux de laisser leurs empreintes dans la neige molle. Puis Sandrine leur indique qu'ils ne vont pas jouer tout de suite, vu l'heure tardive, ils vont d'abord faire les courses. Ils se rendent donc tous les trois au supermarché situé au bas de la rue, non sans un soupir des enfants qui se voyaient déjà faire les anges dans la neige. Le caddie à provisions laisse un sillage derrière lui, qui a totalement disparu lorsqu'ils ressortent du magasin. Les flocons sont de plus en plus gros et le matelas sur le sol devient de plus en plus épais.

Après manger, place à la confection d'un bonhomme de neige, sous les flashs de l'appareil numérique de leur mère. Ils le parent avec le bonnet de l'un et l'écharpe de l'autre, cherchent des pierres noires à utiliser en guise de boutons et d'yeux, ramassent deux bouts de bois pour lui faire des bras. Une heure plus tard, ils reculent pour admirer leur chef-d'œuvre.

— Il ne manque pas quelque chose ? demande Sandrine tout en brandissant un énorme panais.

— Ah oui ! Ça fera l'affaire pour son nez même si une carotte aurait été mieux…

Tu les as mangées hier soir les carottes. Je n'ai que ça à te proposer ou une belle pomme de terre.

Max n'ajoute rien et dispose le légume à la place qui lui revient. La main encore sur le panais, il reçoit une boule de neige en plein dans le cou. Sa sœur rit aux éclats en regardant sa mère. Celle-ci lui fait un clin d'œil et toutes deux lancent à tour de rôle un projectile. La contre-attaque ne tarde pas. Le garçon se cache derrière son nouvel ami blanc pour fabriquer ses armes qu'il jette tour à tour sur l'une et l'autre.

C'est le moment que choisit Baptiste pour les rejoindre. Cet après-midi il est lui aussi de repos. Il les a aperçus depuis la fenêtre du salon, affairés autour du bonhomme de neige lorsqu'il est rentré. Il est monté se changer et décoche maintenant sa première boule de neige, qui atteint sa cible en plein milieu du dos. Sandrine se retourne étonnée.

— Ah c'est comme ça ! lui lance-t-elle en en envoyant une à son tour.

— Raté ! la taquine-t-il.

Il rejoint Max abrité derrière la table de jardin. La bataille fait rage. Qui va gagner des filles ou des garçons ? Alors que la gent masculine cesse deux minutes d'envoyer des boules, pour recharger les batteries et en avoir quelques-unes d'avance, Cécile et Sandrine se ruent sur eux et les envoient dans la neige. Ils sont trempés mais heureux, tous rient aux éclats.

— Allez, on va se mettre au chaud maintenant, dit Sandrine.

— Tu nous fais des crêpes ? demande Cécile.

— Tu plaisantes ? On a mangé des pancakes au petit-déjeuner ! rétorque sa mère.

— Ce n'est pas pareil ! répond l'adolescente avec un soupçon de mauvaise foi.

— Allez s'te plaît ! supplient en chœur Max et Baptiste comme s'ils s'étaient donnés le mot.

— Filez à la douche et enfilez des vêtements secs ! ordonne Sandrine. Après on verra.

Les enfants se précipitent dans la maison et se chamaillent la salle de bains.

Baptiste et Sandrine échangent un baiser avant de rejoindre la douche aménagée dans leur chambre.

— J'ai vraiment eu une bonne idée quand j'ai refait cet espace.

— En effet, lui répond-elle en se déshabillant. Le dernier à la douche fait les crêpes ! ajoute-t-elle en s'y précipitant.

Elle n'a pas fini sa phrase qu'elle est déjà en train de faire couler l'eau. Baptiste la rejoint, l'œil coquin. Elle lui sourit en l'accueillant sous le jet d'onde chaude. Ils s'embrassent passionnément. L'eau ruisselle sur leurs deux corps unis.

— C'est froid, s'exclame-t-elle dans un éclat de rire lorsque son dos se retrouve collé contre la paroi de verre.

— Chut, l'intime Baptiste en écrasant à nouveau ses lèvres contre les siennes et appuyant ses reins pour la plaquer davantage. Elle se laisse aller aux caresses de son amant et ne dit plus rien.

Lorsqu'ils ressortent de leur chambre, ils retrouvent les enfants en bas, assis autour de l'îlot central.

— Vous en avez mis du temps ! leur lance Max qui reçoit immédiatement un coup de coude dans les côtes de la part de sa sœur.

— Bêta ! lui dit-elle, amusée. Puis s'adressant à sa mère : comme tu vois, j'ai eu le temps de faire la pâte à crêpes. Mais je ne sais pas les cuire.

— Ça va, je vais le faire, répond Sandrine tout sourire.

Baptiste propose de préparer des chocolats chauds pour accompagner cette soirée « crêpes » improvisée. À peine cuites, les enfants se jettent sur les galettes sucrées auxquelles ils ajoutent confiture ou Nutella selon l'envie, puis les engloutissent après les avoir préalablement trempées dans le lait. Lorsque la dernière est disposée dans le plat, Sandrine et Baptiste se retrouvent seuls attablés : les enfants pressés de regarder un épisode de leur série préférée ont eu la permission de rejoindre le salon, laissant les adultes en tête à tête.

— J'ai bien cru qu'il n'allait pas nous en rester…

— C'était pour ça ce regard inquiet qui ne t'a quitté que lorsqu'ils sont partis ?

— Inquiet ? Tu n'exagérerais pas un peu là ?

Elle le regarde en souriant tout en étalant une cuillère de pâte à tartiner sur sa crêpe.

— Gourmande, va ! lui lance-t-il, taquin.

Elle lui a fait passer le plat encore fumant. Puis elle boit quelques gorgées de son chocolat. Une moustache de lait se dessine au-dessus de ses lèvres. Baptiste ne peut résister. Il se lève et vient l'embrasser rapidement. Il reprend sa place comme si de rien n'était sous le regard tendre et amusé de sa dulcinée.

CHAPITRE 9

— Bonjour, commence Lucas en s'installant sur le siège que lui indique l'adjudant Bourrasse, vous m'aviez dit de vous appeler dès qu'il y aurait du nouveau donc me voici. J'ai préféré me déplacer. Je ne vous dérange pas au moins ?

— Bien sûr que non. Nous parlions justement de vous avec mon collègue, il n'y a pas cinq minutes.

— Dois-je m'en inquiéter ? demande alors Lucas, un peu soucieux.

— Non nous faisions simplement le point sur notre affaire.

— Justement, c'est à ce sujet que je viens m'entretenir avec vous.

— Je vous écoute.

— Roselyne est une perle vous savez, et ce matin, la maison avait déjà presque retrouvé une face normale. Donc, je peux d'ores et déjà vous dresser la liste de ce qu'il manque…

Gaby a bien remarqué l'expression sur le visage de son interlocuteur : un mélange de tristesse, de douleur et d'incompréhension. M. Carman reprend :

— Mis à part deux vases qui ont été brisés, il ne manque que le fusil de chasse de ma femme !

— Un fusil de chasse ?

— Un trésor pour Coraline. Elle y était très attachée. Il faut savoir qu'elle aimait la chasse. Elle y allait avec son grand-père. Ce dernier l'amenait avec lui depuis sa plus tendre enfance. C'était leur moment d'évasion, de confidences, de conseils. Quand il est décédé, elle n'a plus jamais eu le cœur à partir seule sur les sentiers forestiers. Elle avait alors trente ans. Elle a gardé son fusil, cadeau de son grand-père pour l'obtention de son permis de chasse à quinze ans.

— Vous pourriez me le décrire ou me faire parvenir une photographie peut-être ?

— Bien sûr, je peux faire les deux sans problème. Ma femme chérissait tellement cette arme qu'elle avait sa place bien en évidence dans le salon. J'ai eu tout le loisir de l'étudier ces dernières années. De plus, le fusil doit être en arrière-plan sur bon nombre de clichés... Mais mon Dieu, j'aurais juré qu'il n'était pas chargé !

— En effet cela paraît étonnant... Surtout si elle ne s'en servait plus depuis longtemps...

— C'est un fusil trois coups, semi-automatique, calibre 16, estampillé « MF » au cul de la crosse. Celle-ci est ornée d'une inscription en latin : « Robur, Virtus, Potentia et Decor », signifiant : « force, courage, puissance et beauté ». Ces mots, choisis par son grand-père, expriment toute la tendresse et la fierté qu'il éprouvait pour sa petite-fille. Admiration toute réciproque pour autant que je m'en souvienne. C'est en hommage à son grand-père qu'elle a gardé son fusil, et c'est aussi en son hommage qu'elle n'a plus chassé depuis sa disparition. Je vous ferai passer une photo par mail dès que je rentre.

Gaby a noté toutes les informations d'une précision remarquable, dans son calepin.

— Et vous êtes certain que rien d'autre n'a disparu ?

— Formel ! Je suis allé vérifier dans les pièces attenantes au salon, dans notre bureau le cadre dissimulant notre coffre-fort n'a pas bougé d'un centimètre et son contenu est intact, de même que dans la chambre encore pleine de l'odeur de Coraline. Tous ses bijoux sont là. Il n'en manque pas un. Visiblement le cambrioleur n'a pas cherché d'objets de valeur... Je ne comprends pas, finit-il par dire.

Le gendarme reste interdit quelques secondes alors que Lucas s'est tu. « Voilà une information qui change la donne ! » se dit Gaby sans faire part de la remarque au mari éploré qui lui fait face. Son intuition était donc la bonne : il ne peut pas s'agir d'un vol qui aurait mal tourné.

Les deux hommes s'entretiennent encore pendant une heure, Gaby notant dans son carnet les réponses de Lucas. Lorsqu'ils sortent de la salle de réunion, l'adjudant Bourrasse regagne son bureau pour taper la déposition que vient de lui faire M. Carman. Lucas le rejoint après être passé par le distributeur à café. Il s'installe sur la même chaise qu'il occupait à peine deux jours plus tôt, et laisse le gendarme retranscrire sur son clavier l'échange qu'ils viennent d'avoir. Il répond à deux ou trois questions supplémentaires avant que Gaby n'appose le point final de sa rédaction. Il lance l'impression et fait lire le document à Lucas. Ce dernier le signe en essuyant du revers de sa main gauche une larme qui s'échappait.

La journée est bien entamée lorsque les deux hommes se quittent. Comme la fois précédente, Gaby le raccompagne jusqu'à la sortie. Une voiture de taxi attend devant la gendarmerie. M. Carman s'y engouffre rapidement. Il laisse échapper sa tristesse à peine la portière refermée. Ses larmes coulent le temps de tout le trajet jusqu'à son domicile.

Gaby regarde sa montre. Son estomac a raison de lui faire signe : il est midi et demi, bien sonné. Il voit son collègue et ami, assis derrière son propre bureau. Il le rejoint et lui propose de sortir déjeuner.

— Ah oui pourquoi pas ! répond Baptiste enthousiaste. Cela ne nous fera pas de mal de quitter un peu cette paperasse. Où tu m'emmènes ? demande-t-il amusé.

— Eh bien, il y a un « nouveau » petit bar qui a ouvert très récemment. Je me disais que l'on pourrait aller y goûter un sandwich, continue Gaby entrant dans son jeu.

— J'espère que le personnel est agréable ?

— Tu devrais le trouver à ton goût je pense...

Tous deux éclatent de rire.

— Très bien allons-y vite alors ! lance Baptiste en attrapant dans le même geste sa veste et son portefeuille.

— On dirait une jeune fille amoureuse, le taquine Gaby.

En moins de temps qu'il n'en faut pour le dire, les voilà attablés au bar tabac du centre-ville où travaille Sandrine.

Elle sourit en les apercevant et se dirige instantanément vers leur table.

— Bonjour Messieurs ! Puis-je prendre votre commande ? demande-t-elle comme si ces deux-là étaient des clients lambda.

— Salut Sandrine, lui répond Gaby. Comme d'habitude pour moi s'il te plaît.

Elle se tourne vers Baptiste :

— Une salade pour toi ?

— Euh... Non merci. Je vais plutôt prendre la même chose que d'habitude plus un baiser !

Elle éclate de rire et se penche vers lui pour l'embrasser.

— Je vous ramène ça de suite, dit-elle en s'éloignant.

Ils déjeunent en profitant du soleil de cette belle journée pré-printanière, discutant de choses et d'autres mais pas du boulot. Il sera bien assez temps lorsqu'ils rentreront de leur pause déjeuner.

De retour au poste, Gaby rapporte à Baptiste l'échange de la matinée avec le mari de la victime. Il finit après avoir ménagé un peu de suspense :

— L'arme a disparu.

— Tu avais donc raison. Ton intuition était la bonne. Nous enquêtons maintenant sur un meurtre et plus sur un cambriolage qui aurait mal tourné. Convoquons tout ce petit monde qui gravite autour du couple...

— Je te parie ce que tu veux que le fusil de son grand-père est l'arme qui lui a troué la peau, lance Gaby.

— OK. Si tu as raison, et je pense que tu as raison, j'ai le droit à un week-end sans être sorti du lit par tes appels ?

— Cela ne dépend pas de moi et tu le sais bien ! Le crime n'attend pas, répond-il en riant.

— Bien. Peut-être que j'aurais au moins le droit à un bon dîner alors...

— Toi, il y a quelque chose que tu ne me dis pas !

Baptiste tend le feuillet qu'il tenait devant lui au

moment où Gaby l'a rejoint. C'est l'analyse balistique d'Aurélie : il est écrit noir sur blanc que l'arme du crime est un fusil de chasse de calibre 16.

— Il y a de grande chance pour que ce soit le sien, non ? conclut Baptiste.

CHAPITRE 10

Mercredi midi. Comme à son habitude, Max arrive le premier à la maison et est en charge de la récupération du courrier. C'est un rituel qui s'est installé avec sa mère depuis qu'il sait marcher. Tout petit, dès qu'il rentrait à la maison, elle lui tendait son trousseau de clés et c'est lui qui ouvrait la boîte et attrapait les enveloppes de tailles diverses d'un air triomphant. Il ne cache pas non plus sa déception lorsqu'il n'y a rien. Depuis, il n'y a pas eu un mercredi où il n'a pas ouvert la boîte aux lettres. Même malade. Depuis la rentrée de septembre, il est autorisé à rentrer seul, l'école est à deux pas de chez lui depuis qu'ils ont tous les trois emménagé chez Baptiste. Il n'est pas peu fier de posséder sa propre clé maintenant. Son trousseau n'en contient que deux : celle de la porte d'entrée et le double de celle de la boîte aux lettres. Aujourd'hui, il est au comble de l'excitation : le courrier ramassé contient une lettre à son intention. Cela n'arrive que très rarement, en général pour son anniversaire, toujours en provenance de Julie, sa marraine et sœur de sa mère.

Il court jusqu'à l'entrée, déverrouille la porte, pose toutes les enveloppes sauf une dans la corbeille sur la console de l'entrée, et se précipite dans sa chambre. Sa mère ne doit rentrer que dans une demi-heure. Il aura bien le temps de mettre le couvert avant qu'elle n'arrive, se dit-il. Il saute sur son lit, jetant d'un seul geste ses chaussures et blouson dans un coin, s'assied en tailleur calé contre la tête de lit, la lettre dans les mains. Il observe longuement son pli. Une chose est sûre : ce n'est pas sa tante qui lui écrit, ce n'est pas avec son écriture que les lettres de ses nom et prénom ont été tracées. Il n'y a pas non plus de cachet de la poste. Il en déduit que l'expéditeur a déposé lui-même ce courrier dans sa boîte. Il le connaît donc... Son regard s'accroche quelques minutes supplémentaires sur l'écriture apposée sur l'enveloppe. Pas d'indice. Il ne reconnaît pas l'arrondi de ces caractères. N'y tenant plus, il décachette le pli et commence sa lecture. Qu'elle n'est pas sa surprise lorsqu'il voit les premiers mots ! « Ce n'est pas possible ! » se dit-il.

Mon Maxime,
C'est bien moi : ton père. Je t'écris car je suis enfin de retour. Je suis parti alors que tu n'étais encore qu'un tout petit bébé...

Max interrompt sa lecture. Il tend l'oreille : c'est bien la porte d'entrée qui vient de claquer. Cécile est rentrée ! Il va devoir remettre sa lecture à plus tard. Sa sœur l'interpelle, pestant après lui car le couvert n'est pas installé sur la table. Il cache la lettre sous son oreiller et rejoint sa sœur en criant :
— C'est bon, j'arrive !
Elle ne dit rien mais le regarde de travers lorsqu'il arrive dans la cuisine.
— T'inquiète, je le fais. Regarde, j'attrape les assiettes, dit-il sur un ton taquin.
Alors qu'il dépose les assiettes sur la table, elle met

une casserole d'eau salée à bouillir. Max vient de terminer la mise en place des couverts lorsque sa mère franchit la porte.

— Gnocchis/steak haché, ça vous va ? dit-elle sûre de leur faire plaisir.

Chacun des enfants s'installe à sa place tandis que Sandrine plonge les pâtes rondes dans l'eau maintenant bouillante et saisit les hachés dans une poêle. Elle dépose le tout sur la table en quelques minutes.

***

L'après-midi passe entre sport et activités manuelles faisant presque oublier à Maxime la missive cachée sous son oreiller. De retour dans sa chambre le soir venu, il s'installe confortablement dans son lit, prend le livre posé sur son chevet et l'ouvre à la page marquée et commence sa lecture. Il doit encore patienter jusqu'à ce que sa mère soit venue lui souhaiter de doux rêves pour ressortir sa lettre de sa cachette. Il relit les premières phrases, descend le regard jusqu'à la signature « Papa ». Ce simple mot résonne dans sa tête comme une douce mélodie. Il n'a jamais vraiment pu le prononcer à haute voix puisque son père est parti alors qu'il ne parlait pas encore. Cela lui semble tellement irréel ! Il n'en croit pas ses yeux. Il reprend sa lecture et parcourt intégralement le texte avant de replier la feuille de papier et la cacher cette fois-ci dans le tiroir de sa table de nuit. Il s'endort un peu moins rapidement qu'à l'accoutumée, les mots tournant encore et encore dans sa petite tête.

***

Le lendemain matin à l'école, Max ne cesse de regarder par la fenêtre pendant toute la durée de la leçon de mathématiques. L'instituteur l'a déjà rappelé à l'ordre trois fois avant que ne sonne la récréation. Il a du mal à se concentrer. Son travail s'en ressent.

Mais il ne peut contenir son impatience. Celle-ci grandit au fur et à mesure que les minutes passent. Aujourd'hui il a rendez-vous avec son père.

De l'autre côté de la rue, l'homme a repris sa place sur le banc, les yeux rivés sur le bâtiment scolaire. Il est tout aussi impatient que le jeune garçon d'entendre la sonnerie de l'école. Celle-ci retentit enfin, le soulageant de l'attente mais faisant dans le même temps gonfler son appréhension. *Et s'il ne voulait pas me voir ?* se dit-il en se levant. Il s'approche malgré tout de la grille…

Dans le même temps, Maxime saute sur ses pieds et sort rapidement de sa classe. C'est le premier des élèves à rejoindre la cour. Arrivé sur le perron, il s'arrête et scrute les alentours de l'école à la recherche d'un visage dont les traits ont changé depuis la dernière fois qu'il l'a regardé. C'était hier soir, sur la « vieille » photographie, la seule qu'il a de lui. Soudain son regard accroche celui d'un homme. Il le voit aussi et lui fait un léger signe de la main. Chacun s'observe mais Max n'ose pas approcher de lui, son père, qu'il connaît à peine finalement.

CHAPITRE 11

Alors que les témoignages se succèdent à la gendarmerie, Baptiste et Gaby n'ont pas l'ombre d'une piste. Cela fait deux jours que la châtelaine a été retrouvée étendue dans son propre salon, une mare de sang s'étalant autour d'elle. Les gendarmes reçoivent un à un tous les employés du château, qu'ils y travaillent à l'année ou qu'ils y œuvrent seulement en tant que saisonniers. Tous font l'éloge du couple Carman, visiblement un couple sans histoire, amoureux et rayonnant. Lorsqu'ils sont interrogés sur leurs conditions de travail, chacun des membres du personnel fait part d'une ambiance agréable, que dans le domaine, personne n'est soumis à un stress quelconque ou une cadence insurmontable. Certains vendangeurs d'ailleurs reviennent chaque année travailler dans les vignes de Coraline pour la bonne humeur qu'il y règne. Ils disent tous que ce sont les meilleurs patrons qu'ils aient connus jusque-là et que les rencontrer, c'est les adopter.

Alors que l'un d'eux vient de quitter le bureau de Baptiste, le gendarme rejoint l'adjudant Bourrasse :

— Combien de personnes nous reste-t-il à voir ?

— Plus beaucoup… répond Gaby en se servant un café.

Baptiste le regarde faire, un sourire amusé au coin des lèvres.

— Tu en es à combien depuis ce matin ?
— De quoi tu parles ?
— De cafés, combien en as-tu bu depuis ce matin ?
— Je n'en sais rien moi, pas beaucoup.
Baptiste éclate de rire.
— Que veut dire "pas beaucoup" pour toi ? Car il me semble que la cafetière a tourné quelques fois... Donc, selon le nombre que tu m'indiqueras, je me rendrais davantage compte du nombre de personnes restantes à voir !
— Ah ah ! fait Gaby sur un ton à la fois ironique et agacé. Tu n'es pas ma femme à ce que je sache ?
— Pour sûr ! Mais je comprends que Jacinte puisse s'inquiéter pour ton palpitant !
— Mon cœur va très bien. Je te remercie. Au lieu de dire des conneries, tu ferais mieux de retourner interroger les proches de notre victime.
Baptiste ne répond rien et disparaît derrière son bureau alors que son ami montre des signes d'agacement prononcé.

Deux heures plus tard, la journée se termine enfin avec la dernière personne convoquée : Roselyne.
— Ravi de vous revoir, Major Adelin, vous vous souvenez de moi ? demande Baptiste en l'accueillant.
— Oui bien sûr. Bonsoir.
Il lui indique le siège noir installé devant son bureau et se rassoit lui-même dans le sien. Après s'être enquis de son état émotionnel, l'entretien commence. Roselyne redit exactement la même chose que le jour du meurtre. L'émotion est toujours palpable. Mais le flot de larmes

s'est tari. Du moins est beaucoup plus contrôlé. Comme elle le signifie à nouveau au gendarme, Coraline était son amie d'enfance, sa meilleure amie, pour ne pas dire la seule qu'elle ait réellement eue. D'un naturel réservé, elle n'a jamais été très douée pour se faire de nouvelles connaissances. Même son mari, elle l'a rencontré au domaine. Ce qui fait sourire son interlocuteur. Elle n'a rien de particulier à lui apprendre qu'elle ne lui a déjà dit.

— D'après le jardinier, Monsieur et Madame Carman se seraient disputés peu avant le départ de Monsieur. Votre amie vous en a-t-elle parlé ?

— Se disputer ? Il est sûr que c'était eux ? Personnellement je ne les ai jamais entendus avoir le moindre désaccord et Coraline me l'aurait dit... Je sais qu'elle était un peu inquiète au sujet des vendanges à venir mais rien que de plus naturel, il suffit de peu pour que la récolte soit menacée : un orage de dernière minute par exemple...

— Serait-il possible qu'elle ne vous ait pas parlé de son désaccord avec Monsieur Carman ?

— Je ne pense pas... Mais je ne peux pas vous l'assurer. Nous devions nous voir comme tous les jours après que j'ai fini le nettoyage des chambres... dit-elle tristement. Une chose est certaine : si vous les aviez déjà vus ensemble tous les deux, vous ne pourriez pas croire qu'ils puissent être en désaccord, ajoute-t-elle.

— Bien. Juste une dernière question : lui connaissiez-vous des ennemis ?

— Non ! Vous pensez ! Mademoiselle Coraline était la bonté même ! Je ne vois vraiment pas qui aurait pu attenter à sa vie, lui répond-elle, les larmes recommençant à mouiller ses yeux noisette. Elle renifle pour éviter de les laisser couler.

Baptiste lui tend un mouchoir en papier et lui indique qu'il n'a rien de plus à lui demander. Il rédige le compte rendu de leur entretien, le lui fait signer et la libère en lui remettant sa carte de visite.

— On ne sait jamais, lui dit-il, si vous repensez à un fait particulier, quel qu'il soit, n'hésitez pas à me contacter.

— Oui je le ferai, répond-elle simplement.

Baptiste ne sait que penser de cette affaire. De tout ce qu'il a entendu aujourd'hui, il lui semble improbable que quelqu'un ait prémédité de tuer cette femme... Pourtant, quelque chose lui dit qu'il n'est pas au bout de ses surprises. À commencer par cette histoire de disputes. Il rejoint le bureau de Gaby qui est déjà parti. Tant pis il s'en ouvrira à son ami demain matin. Il est temps de rentrer.

***

C'est un Baptiste déconfit qui prend le chemin du retour ce soir-là. Il aime rentrer à pied, cela lui permet de se vider la tête. Habituellement, il observe les feuillages des arbres danser sous le vent, il regarde celui-ci passer, discute deux minutes avec celui-là... Mais ce soir c'est différent. La tristesse de Rosaline l'a énormément touché. Il s'imagine à sa place, si cela devait arriver Gaby, son collègue mais aussi son meilleur ami, il n'est pas certain d'y survivre.

Son esprit remonte alors quelques années plus tôt, lorsque Sandrine est arrivée en pleurs chez lui, un matin de novembre. Paul venait de la quitter. Max n'avait que quelques mois et Cécile à peine quatre ans. Pour les soutenir au mieux, il n'a pas fait part de sa propre tristesse. Paul était son meilleur ami depuis pour ainsi dire toujours. Lorsqu'il a tout abandonné, femme et enfants, pour faire le tour du monde, Baptiste s'est lui aussi senti trahi. Gaby était déjà son binôme à la gendarmerie et l'a beaucoup aidé à cette période. Sans lui, il est sûr qu'il n'aurait pas été le si bon soutien qu'il a été pour Sandrine et les enfants. Alors, il comprend ce que vit Roselyne, lui-même ne se remettrait pas facilement d'une telle perte.

La maison est en vue. Il respire un grand coup comme on le fait pour chasser les idées noires et accélère le pas pour retrouver sa douce.

CHAPITRE 12

La nuit précédente,

La grosse voiture noire se gare devant une nouvelle maison. Une grande bâtisse vidée de ses occupants.

— Tu es sûr qu'il n'y a personne ? Regarde les lumières de cette pièce sont allumées !

— Un oubli des propriétaires. Je suis certain qu'il n'y a personne. Ma source me l'a certifié, répond Gus.

— Comment peux-tu le savoir ?

— Si je te le dis, je suis obligé de te tuer, ajoute-t-il, avec un demi-sourire mauvais.

Steve n'est pas très rassuré. Faisant écho à son propre sentiment, Vince sermonne son coéquipier :

— Arrête un peu Gus, on sera bien avancé s'il décide de se tirer maintenant. Pas vrai ?

— Quoi ? J'ai toujours voulu dire cette phrase ! Pour une fois que j'en avais l'occasion...

— On n'est pas au cinoche là Gus ! Arrête tes conneries !

Il ajoute à l'attention de Steve :

— Ne fais pas attention à ce qu'il dit. Il fait le malin comme ça mais au fond c'est un brave type.

Sur ce, ces deux-là sortent du véhicule, laissant leur chauffeur attendre une nouvelle fois. Il fixe la fenêtre où il a vu de la lumière tout à l'heure. Elle est toujours allumée. *Sûrement un oubli du propriétaire en partant.*

Aucune ombre n'est passée près des fenêtres, et puis Gus avait l'air vraiment sûr de lui, se dit Steve. Il se demande aussi pourquoi il est encore là ce soir. Il sait que gagner de l'argent de cette façon n'est pas très honorable. Mais pour l'instant, il n'a pas trouvé, enfin pas encore cherché, un véritable travail honnête. Il s'est embarqué dans cette histoire sur un coup de tête et se retrouve maintenant coincé avec ce gang. Les deux comparses arrivent les bras chargés. Steve appuie sur le bouton pour leur ouvrir la malle.

— Il y a encore plein de trucs à récupérer, dit Vince en refermant le coffre. On y retourne.

Le chauffeur les regarde rejoindre la villa en tapotant sur son volant. Il ouvre sa fenêtre. *Il caille*, se dit-il en allumant une cigarette. Le temps de reposer le briquet dans le vide-poches central et de reporter son attention sur la rue, des phares arrivent face à lui. Il essaie de prendre un air décontracté en regardant la voiture passer devant lui.

Merde ! Les flics !

Il semble que les gendarmes ne l'aient pas remarqué. Il suit néanmoins la voiture des yeux jusqu'à ce qu'elle disparaisse dans la nuit. Il tapote nerveusement sur son tableau de bord attendant le retour de ses complices. Le temps lui paraît extrêmement long avant que ceux-ci ne reviennent. Ils prennent enfin place sur leurs sièges respectifs et Steve démarre en trombe dès que Vince lui a lancé un « Roule ! » autoritaire.

Une fois que les trois hommes se séparent, il se jure que c'était la dernière fois. Il les reverra comme convenu le lendemain pour récupérer son dû et leur fera part de sa décision. *Ils vont bien trouver un autre chauffeur aussi facilement qu'ils m'ont trouvé !* se dit-il pour asseoir sa détermination.

CHAPITRE 13

Les jours passent et l'enquête est au point mort. Baptiste et Gaby épluchent toutes les dépositions, essaient de faire des recoupements entre les uns et les autres mais ne trouvent rien qui justifierait l'assassinat d'une femme sans histoire…

— Il y a une chose que je ne comprends pas, indique Baptiste.

— Quoi donc ? demande son collègue.

— Le jardinier nous a dit qu'il avait entendu le couple se disputer. Mais d'après Roselyne, l'employée de maison, cela lui semble peu probable.

— Tous les couples se disputent, non ?

— Je ne sais pas…

— Toi et Sandrine, vous avez bien dû vous quereller déjà ?

— Eh bien, pour tout te dire, pas vraiment depuis que nous sommes en couple. Mais ce n'est pas le propos.

— Oui revenons-en à Monsieur et Madame Carman. Peut-être que la victime n'en a simplement pas parlé à son amie.

— Peut-être… En tout cas, Le jardinier dit, je cite, « je ne saurais dire de qui il s'agissait mais à ce que j'ai compris : la châtelaine n'était pas encline à pardonner quelque chose à cette personne. » Je pense donc qu'il faut creuser un peu du côté de ton nouvel ami.

— Oui en effet… répond Gaby. Je vais prendre contact avec Monsieur Carman rapidement.

C'est justement le moment que choisit Lucas pour appeler Gaby. Il l'invite au domaine pour une dégustation de l'un de leur dernier cru. L'adjudant Bourrasse s'y rend l'après-midi même.

M. Carman en profite pour faire la visite guidée des lieux, vantant à son hôte les succès des vins de Coraline. L'absence est difficile mais la passion commune de ces deux êtres les lie malgré les circonstances. Lucas explique, Gaby écoute attentif. Il a toujours aimé le bon vin, mais seulement le dimanche pour accompagner un bon repas. Monsieur préfère taper dans le bon souvent onéreux, même s'il ne peut l'apprécier qu'une fois par semaine. Ils sont tous les deux au milieu de la cave quand une conversation revient à Lucas :

— Je me souviens de notre dispute. Coraline avait découvert que certains de nos vins étaient contrefaits.

— Comment ça ?

Il ajoute devant l'air ébahi de son interlocuteur :

— Comment peut-on contrefaire des vins ? Cela me paraît invraisemblable.

— Malheureusement, oui, c'est tout à fait possible. Regardez, je vous montre.

Lucas se dirige vers « la salle de création » comme aimait à l'appeler sa défunte femme.

Tout en expliquant ce qu'il fait au gendarme, il allie le geste à la parole en mélangeant deux essences. Il sort ensuite deux verres à dégustation. Il en remplit un du breuvage qu'il vient de créer. Il ouvre ensuite une bouteille du château et en verse la même quantité dans le deuxième verre.

— Maintenant goûtez ! dit-il à Gaby en lui tendant le premier verre.

Gaby s'exécute. Il trouve le breuvage plutôt bon. Lucas lui présente maintenant le deuxième verre.

— Incroyable ! lance le gendarme. Je ne vois pas la différence.

— Et pourtant, il y en a bel et bien une, lui répond Lucas tristement.

— Et comment votre épouse s'est-elle rendu compte de ça ?

Après quelques explications supplémentaires, Lucas ajoute :

— Elle m'a dit qu'elle savait qui c'était… Mais je ne me souviens pas si elle m'a mentionné son nom. Cela ne me revient pas. Je ne l'écoutais pas vraiment. Ne faisant que lui dire que l'on verrait ça à mon retour. Elle l'a très mal pris. C'est la seule et unique fois où nous nous sommes disputés. Je ne l'avais jamais vue aussi agitée. Nous avions bien eu quelques désaccords mais elle gardait toujours son calme. Ça m'a toujours impressionné. Mais de qui il s'agissait ! Ce n'est pas possible d'avoir oublié ça ! s'agace Lucas.

Gaby essaie de le rassurer mais l'homme se braque.

— Il faut vraiment être nul ! Elle m'a dit un nom ce jour-là, j'en suis certain mais je ne m'en souviens pas.

— On va trouver ! assure le gendarme, même si là de suite, il ne sait pas vraiment comment faire.

Lucas ne prend pas en compte la remarque et se gratte la tête de sa main gauche. Il adopte ainsi sa posture préférée pour réfléchir.

— Je vais trouver, je vais trouver, s'obstine-t-il. Il

répète ces trois mots en boucle.

Gaby essaie de nouveau de lui dire de ne pas s'en faire que ça lui reviendra. Lucas ne l'entend pas et continue ses injonctions à sa mémoire. Quelques minutes passent puis tout à coup il s'écrie :

— Gaston Lecouvreur ! Oui c'est ça !

— Qui est Gaston Lecouvreur ? demande alors Gaby.

— C'est l'un de nos plus vieux saisonniers. Je l'ai toujours vu ici. Mais Coraline ne voulait pas le reprendre car elle le soupçonnait d'être à l'origine de ces malfaçons. Les vendanges venaient de se terminer, il était présent dans les effectifs cette saison mais pour l'année prochaine, elle était catégorique : elle ne voulait plus jamais le voir ici.

— Qu'en pensez-vous ? Vous croyez vraiment que cet homme serait impliqué dans cette histoire.

— Je ne sais pas. Il m'a toujours paru être un homme de confiance.

Les deux hommes échangent encore quelques mots puis se séparent. Lucas se sent quelque peu soulagé. Comme si retrouver ce nom le libérait d'un lourd poids. Gaby, quant à lui, entrevoit une nouvelle piste à exploiter.

***

Ce même jour, à la gendarmerie, Baptiste reçoit un couple d'entrepreneurs revenant d'un week-end prolongé en Espagne. Détendus après ces quelques jours sous le soleil ibérique, ils ont été choqués en rentrant dans leur maison de la retrouver sens dessus dessous, leurs affaires éparpillées, leurs armoires et commodes vidées de leurs contenus.

— Bien entendu, seuls les objets de valeur ont disparu ! lance le mari fortement agacé. Quand je pense que je paye un service de surveillance une blinde ! Joli résultat ! s'emporte-t-il.

Sa femme ne dit rien pour le moment. Elle se contente de tapoter doucement sur la cuisse de son époux pour le ramener au calme.

— Bijoux, hi-fi, tableaux ! Tout a disparu ! Vous rendez-vous compte ? demande-t-il au gendarme.

— Chéri, Monsieur n'y est pour rien, finit-elle par dire pour l'exhorter au calme.

— Oui c'est vrai, veuillez m'excuser. Ce n'est pas après vous que j'en ai, dit-il instantanément radouci.

Baptiste ne dit mot, se contente d'un hochement de tête d'acquiescement.

Une fois la déposition rédigée, paraphée et signée, les époux rentrent chez eux flanqués d'une équipe venant constater l'effraction et relever d'éventuelles empreintes.

À peine sont-ils partis qu'un autre couple se présente. Ce sont les Lefèvre, ils viennent porter plainte pour vol. Ceci est troublant d'autant plus que Baptiste se rend compte que les deux couples sont couverts par la même société de surveillance. Une coïncidence ? Il en doute. Dans ce genre d'affaires, les coïncidences sont rarement de la partie. Après quelques recherches, il trouve le numéro de la société de surveillance. Pas de chance, le standard est fermé. Il note les horaires d'ouverture mentionnés par le disque enregistré. Il s'y rendra demain matin à l'ouverture. En attendant, il fait une nouvelle recherche dans les dossiers informatiques de la gendarmerie afin de voir si d'autres cas similaires n'apparaîtraient pas.

— Bingo ! s'écrie-t-il lorsqu'il trouve une dizaine d'autres dépôts de plaintes. Même mode opératoire, aucune empreinte relevée sur les lieux, pas de vandalisme, toujours les mêmes objets qui disparaissent. Cela fait donc un total de douze cambriolages en moins de trois mois, comptabilise-t-il.

— Nous avons affaire à des pros, dit-il à Gaby quand ce dernier le rejoint à son bureau.

L'adjudant Bourrasse reste interloqué. Il venait lui annoncer qu'il avait une piste pour le meurtre de Mme Carman. À voir si cela portera ses fruits. Mais il a été coupé dans son élan par son collègue.

— De quoi tu me parles ?

— Ah oui pardon.

Baptiste expose sa matinée à son ami.

— En effet, cela m'a l'air d'être une bande plutôt bien organisée, commente Gaby.

— Pas tant que ça. Regarde : toutes ces affaires sont liées c'est certain car dans tous les dossiers, il apparaît que les victimes font appel à la même société de surveillance…

— Facile donc ! le taquine son coéquipier.

— On y va ! lance Baptiste en se levant sans prêter attention aux dernières paroles. Mais au fait, tu venais pour quoi ?

— Je t'en parle dans la voiture. Allons voir cette entreprise de plus près.

CHAPITRE 14

Ce jour-là, Paul a quitté son poste d'observation habituel pour se rapprocher du mur d'enceinte. Il veut être bien visible maintenant que son fils a probablement lu sa lettre. Du moins, il espère que c'est le cas. Il s'interroge. Et si le garçon n'avait pas trouvé sa missive ? Et s'il ne voulait pas le connaître après tout ce temps ? Ou pire : si Sandrine avait ouvert la lettre avant que Max ne la récupère. Non cela est impossible, se dit-il, il a fait exprès de ne la déposer que le mercredi en fin de matinée pour que ce soit son fils qui tombe dessus. Si cela avait été la jeune femme, il serait déjà au courant et en essuierait les plâtres à l'heure qu'il est. Ce n'était peut-être pas très judicieux d'indiquer sur le feuillet qu'il venait tous les jours dans l'espoir d'apercevoir son garçon… Il en est là de ses réflexions lorsque la cloche sonne indiquant le début de la dernière récréation du jour. Max hésite un instant puis rejoint finalement ce père providentiel, chacun se trouve d'un côté de la grille. Ils se scrutent l'un l'autre. Les yeux du garçon se mouillent sans qu'il ne laisse couler aucune larme. Paul est lui aussi très ému. Ne sachant pas quoi dire à son enfant qu'il a laissé neuf ans plus tôt, il essaie un timide sourire. Maxime se rapproche encore, s'essuyant les yeux d'un revers de main et esquisse à son tour un sourire.

— Bonjour, ose-t-il.
— Bonjour, répond Paul d'une voix étranglée,

trahissant son émoi.

Ils n'échangent rien de plus, le temps de la récréation est terminé. La sonnerie annonce la reprise des cours, obligeant le garçon à rejoindre sa classe. L'homme le regarde s'éloigner, l'œil humide.

À peine installé à son pupitre près de la fenêtre, Maxime ne peut s'empêcher de tourner la tête vers l'extérieur. Il constate avec plaisir que son père est toujours là et esquisse un sourire.

De son côté, Paul se demande s'il doit rester encore et attendre la fin des cours ou s'il doit s'en aller pour ne revenir que le lendemain. Maintenant que le contact est établi, il a envie de plus, de rattraper le temps avec son fils, de discuter avec lui... Il fait les cent pas sur le trottoir, pesant le pour et le contre de chacune des options. *Je reste ? Je pars ? Si je reste, voudra-t-il me parler ? Est-ce trop tôt ?*

Il sait que la plupart du temps, son fils rentre seul le soir après l'école, il pourrait en profiter pour l'accompagner jusqu'à la maison.

Une heure plus tard, la cloche de l'école sonne la fin de journée. Paul s'est éloigné sur le trottoir d'en face pendant ses tergiversations. Max attend un peu devant la grande porte de l'établissement avant de passer le portail. Il vérifie que personne n'est venu le chercher aujourd'hui. Il se souvient que Cécile finit à 18 heures et que sa mère travaille tard. Il passe les grilles de l'école et traverse la rue, rejoignant ainsi Paul. La conversation s'engage :

— Ça va depuis tout à l'heure ? lui demande son père.

— Oui.

— Comment ça se passe à l'école ?

— Bien, ça va, je me débrouille, répond Max un peu timidement.

— Qu'est-ce que tu veux faire plus tard ?

— Je ne sais pas encore…

— Ah… Tu n'as même pas une petite idée ?

— Non. Je ne peux pas rester longtemps… Maman va m'attendre…

— On peut discuter en marchant si tu veux ?

— D'accord.

Ils font un petit bout de chemin avant que Paul ne reprenne :

— Je t'ai vu jouer au ballon dans la cour, tu es doué.

— Merci.

— Tu joues dans un club ?

— Oui. Je suis à l'AS… D'ailleurs on a un match samedi. Si tu veux, tu peux venir…

— Je ne sais pas si c'est une bonne idée…

— Ma maison est de ce côté, dit Maxime en montrant la voie de droite. Tous deux s'arrêtent.

— Il faut que j'y aille, indique Paul.

— Ah… On va se revoir ? demande le garçon soudain inquiet.

— Oui Max. On va se revoir.

— Demain ? La question résonne comme un espoir.

— D'accord.

— Tu viens à la sortie des cours ?

Paul acquiesce. Ils échangent un sourire et Max s'élance dans la rue. Même s'il ne le dit pas à son fils, Paul ne veut pas se retrouver face à la mère de l'enfant pour l'instant. Il ne sait pas trop comment reprendre contact, chaque chose en son temps. D'autant plus, qu'en déposant sa lettre l'autre jour, il a bien remarqué les noms sur la boîte aux lettres...

Le lendemain, Paul demande à Max des nouvelles de Cécile. Lorsqu'il est parti, elle n'était pas plus haute que trois pommes, mais il se souvient des rires de sa fille et de sa joie de vivre. Cette dernière ne parle pas beaucoup de son père, même avec son frère. Lorsque Max lui indique qu'il l'a revu, un soir où ils ne sont que tous les deux à la maison, elle ne veut pas l'admettre mais est un peu jalouse. Pourtant, elle ne veut pas revoir l'homme qui l'a abandonnée pour l'instant. Elle est cependant contente pour son frère, elle sait à quel point il souffrait de ne pas avoir de père.

CHAPITRE 15

Arrivés dans les bureaux de la société de surveillance, avec sous les bras, les noms de toutes les victimes de cambriolage ces trois derniers mois, Baptiste et Gaby n'ont pas eu de difficultés à accéder au fichier de Surveill+. Le gérant n'a opposé aucune résistance, au contraire, les dépôts de plainte commençant à lui faire mauvaise presse, il souhaite que cette affaire soit rapidement résolue. Alors, s'il peut aider, c'est avec plaisir qu'il collabore. Tout concorde : noms, adresses, toutes les victimes apparaissent bien sur les écrans.

— Ce ne peut pas être une coïncidence, commence Baptiste.

— Non en effet, ajoute Gaby.

— Que voulez-vous dire ? demande M. Grassin, le PDG de la société.

— Que l'un de vos employés...

— Ou plusieurs, précise Gaby.

— ... Se joue(nt) de vos clients et de leur confiance, termine Baptiste.

— Comment ça ? s'inquiète le directeur.

— L'un de vos salariés utilise vos informations pour détrousser sans difficulté vos clients.

— Mais ne vous inquiétez pas, comme vous le voyez, dit Gaby en levant le menton vers son collègue, cela ne va pas durer. Il ajoute à l'intention de Baptiste :

— Que comptes-tu faire maintenant ?

— M. Grassin, ici c'est bien la liste des personnes

vous signalant leurs absences ?

— C'est exact, confirme ce dernier.

— Bien. Pouvez-vous me l'imprimer ?

— Bien sûr. Si cela peut vous aider.

Il revient avec le feuillet à peine deux minutes plus tard. Les gendarmes prennent congé.

De retour à la gendarmerie, Baptiste et Gaby tissent la toile de leur intervention. D'après la liste de Surveill+, trois familles abandonnent leur domicile ce week-end. Nous sommes vendredi, ils ont donc seulement la journée pour organiser leur guet-apens. Tout doit être prêt pour ce soir. Trois équipes sont formées et envoyées planquer devant chacune des trois riches habitations. Baptiste a juste pris le temps de prévenir Sandrine qu'il rentrerait tard, avant de prendre place dans la voiture surveillant la maison de Monsieur et Madame Deslys. Le couple est propriétaire de la plus grande joaillerie de la ville. Les quinquagénaires se sont absentés quelques jours pour rendre visite à leur fille exilée à près de cinq cents kilomètres de là, depuis son mariage. Ils viennent de souscrire un contrat de surveillance avec la société Surveill+ sur les conseils de leurs voisins. S'ils avaient su qu'ainsi ils allaient aider les autorités à arrêter les voleurs sévissant depuis quelque temps dans la région…

Lorsque la grosse berline noire s'est arrêtée devant la maison, en fin d'après-midi, les deux gendarmes ne croient pas en leur chance. Cela fait à peine une heure que leur voiture banalisée est garée à quelques maisons de l'immense propriété des Deslys. Ils se sont d'abord renfoncés dans leurs sièges respectifs et ont attendu que les occupants de la voiture n'en sortent. La BMW s'est stoppée devant le grand portail qui lui s'est ouvert instantanément. Le véhicule a remonté l'allée sur quelques mètres pour se garer devant l'entrée principale. Deux hommes s'en sont extirpés, vêtus comme à la ville, d'une paire de jeans, d'un blouson. Ils tiennent à la main de grands sacs qu'ils disposent sur le perron le temps de récupérer dans leurs poches intérieures des gants de chirurgien. L'un d'eux se retourne et scrute les alentours. Personne en vue, il fait signe à son acolyte d'y aller. Nul besoin de crocheter la serrure : l'ouverture se fait avec un simple code, que seuls les propriétaires sont censés connaître. Enfin : grâce à un petit programme de sa conception, Gus ne met pas trente secondes pour déverrouiller l'entrée.

— On y va ? demande Gaby impatient de passer à l'action.

— Non pas encore. Baisse-toi, le grand se retourne une nouvelle fois.

Après un dernier regard circulaire, les deux voleurs pénètrent dans la demeure. La porte s'est refermée rapidement sur eux. Ils n'ont eu que le temps de désamorcer l'alarme et avancer dans le grand salon avant que les gendarmes ne se mettent en mouvement.

Les gendarmes se sont redressés, ont appelé leurs collègues embusqués non loin de là et sont passés à l'offensive. Pour commencer, Baptiste s'est approché de la BMW et en a sorti le conducteur. Ce dernier n'a opposé aucune résistance. D'abord surpris, il a ensuite obtempéré et n'a fait aucun bruit pour prévenir ses acolytes. Lors de son interrogatoire, Gaby apprendra que c'était sa première mission en tant que chauffeur, le précédent ayant quitté la bande juste avant ce coup. Les deux autres voleurs ont été arrêtés alors qu'ils sortaient de la maison les bras chargés. Ils n'ont pas eu le temps de se débarrasser des chaussons de papier qu'ils enfilaient une fois à l'intérieur des domiciles visités pour ne laisser aucune trace.

Gus de son vrai nom Auguste Millier repère les clients. Il travaille comme technicien à la surveillance des biens des particuliers. Sa tâche consiste à compiler les plannings de surveillance en fonction des appels des clients mentionnant leurs dates d'absence. Il était donc facile pour lui de repérer les maisons vides et pleines d'intérêts pour leur business. Il avait accès à tous les systèmes d'alarme depuis son bureau et n'avait plus qu'à désactiver celle du domicile choisi.

Vince de son vrai nom Vincent Pariais, demi-frère d'Auguste par leur mère, se charge de la revente grâce à son réseau pour l'essentiel rencontré en prison, où il a déjà purgé de petites peines pour des faits similaires.

Ni l'un ni l'autre ne fait mention de Steve. Pas vu, pas pris. C'est la règle. En se faisant passer les menottes, Vince espère que son conducteur de quelques jours a trouvé comme il l'espérait un travail honorable et légal. Gus, de son côté, se dit que Steve avait eu du flair et est ravi qu'il ne se soit pas fait prendre. Même s'il ne le lui a pas dit, il trouve que c'est un bon gars. Alors, les deux cambrioleurs se mettent mentalement d'accord pour ne pas parler de lui. Ils ont beau être des voleurs, ils ne sont pas sans cœur.

Leur nouveau chauffeur, lui, n'a pas eu de chance : c'était son premier coup.

L'interrogatoire se passe sans anicroches. Prise en flagrant délit, la petite bande ne dément aucun fait et confirme même être responsable de tous les dossiers que Baptiste leur présente.

CHAPITRE 16

Sandrine et Cécile profitent de l'absence de Baptiste pour enchaîner les épisodes de la série préférée de l'adolescente. Alors que Max dort à poings fermés, la mère et la fille passent la soirée en compagnie de loups-garous, banchees et autres créatures surnaturelles. L'une admire la plastique de l'alpha pendant que l'autre savoure le fait d'être en tête à tête avec son enfant. Sandrine observe sa fille à la dérobée, se demandant où sont passées toutes ces dernières années. Elle attrape sa tasse encore fumante de sa tisane du soir et reporte son regard sur l'écran.

— Mais qu'est-ce qu'il s'est passé ? demande-t-elle en voyant l'un des héros rendre son dernier souffle.

— Non mais Maman ! Comment tu as fait pour rater la scène ! Attends, je te la remets.

Cécile manipule les boutons de la télécommande jusqu'à ce que sa mère lui dise :

— Stop c'est là !

Absorbées toutes les deux par l'épisode, elles n'entendent pas la clé tourner dans la serrure. Lorsque Baptiste approche et lance :

— Coucou les filles !

Il est reçu avec un soufflement majestueux de l'adolescente l'exhortant au silence. Sandrine se lève et l'entraîne vers la cuisine. Après avoir échangé un baiser plutôt chaste, elle lui dit :

— Je ne pensais pas te voir ce soir.

— Merci pour l'accueil, rétorque Baptiste.

— Mais non ce n'est pas ça, je suis vraiment heureuse de te voir.

— Mouais...

Sans le laisser développer, elle l'embrasse à nouveau beaucoup plus passionnément que précédemment.

— Vous avez une chambre pour ça ! les interrompt Cécile en faisant mine d'être dégoûtée. Maman, vu que tu ne comptes pas regarder un autre épisode, ça ne t'ennuie pas que je me mette le suivant ?

— Non, bien sûr ma chérie... s'adressant à Baptiste : bravo ! Je ne comprendrai rien la prochaine fois.

— Euh ce n'est pas déjà le cas ? la taquine sa fille.

Sans répondre, Sandrine entraîne Baptiste vers l'étage tandis que la jeune fille enclenche la suite de sa série.

CHAPITRE 17

Le lendemain, Gaston Lecouvreur se rend de nouveau à la gendarmerie. Les gendarmes l'ont convoqué une nouvelle fois. L'homme a déjà été interrogé au début de l'enquête. Il entre dans les locaux en se demandant bien ce qu'il fait là. Gaston est très étonné de se retrouver à nouveau en face des deux gendarmes et ne comprend pas la raison de ce nouveau rendez-vous.

— Eh bien, de nouveaux faits ont été mis en lumière. Nous avons donc besoin de vous revoir, lui a seulement dit Gaby lorsqu'il l'a appelé hier soir pour le faire venir aujourd'hui.

Alors le voilà, à patienter sur une chaise peu confortable dans la salle d'attente de la gendarmerie. *Enfin, salle d'attente est un bien grand mot pour désigner cet espace,* se dit-il en regardant autour de lui. Trois chaises sont alignées après celle où il a pris place, le long du mur faisant face au comptoir d'accueil. L'agent en poste derrière ce dernier ne lui a pas lancé un regard depuis qu'il s'est annoncé. L'attente n'est pas bien longue, il aperçoit déjà l'adjudant Bourrasse venir à lui.

— Bonjour Monsieur Lecouvreur. Merci d'être venu si rapidement, lui dit Gaby.

Il le conduit dans l'une des salles d'interrogatoire où l'attend déjà Baptiste. Après un échange des plus courtois de salutations, l'interrogatoire commence. L'homme d'abord étonné de se trouver là, comprend vite que les nouveaux faits dont lui a parlé le gendarme par téléphone le concernent directement. Il répond sereinement dans un premier temps, répétant presque mot pour mot ce qu'il a dit la dernière fois. Puis les questions se font plus précises et ne sont clairement plus axées sur un possible cambriolage. Gaby sent que l'homme devient de plus en plus hésitant. Il cherche ses réponses, ne finit pas ses phrases, se reprend plusieurs fois comme s'il ne voulait pas divulguer certaines informations. Il regarde sa montre et fait signe à Baptiste. Ce dernier acquiesce. Ils font une pause, laissant Gaston seul dans la petite salle.

— Ça fait deux heures qu'on l'interroge, dit l'un.

— Il sait quelque chose, répond l'autre en servant deux cafés qu'ils boivent tous deux très vite.

— Je le crois aussi, ajoute Gaby en regagnant la salle.

Baptiste acquiesce.

De son côté, Gaston se prend la tête entre les mains. Il n'en revient pas d'être dans cette situation. Continuer à se taire le condamne. Parler le condamne également. Il n'a pas tué Coraline. Comment aurait-il pu d'ailleurs ? Lorsque Baptiste revient dans la salle d'interrogatoire, il trouve l'homme toujours prostré, secouant la tête entre ses mains. *Il n'est pas loin de craquer*, pense-t-il. Gaston ne l'a pas entendu entrer, mais quand la porte se referme sur le gendarme, il se redresse d'un coup. Il essaie de reprendre contenance mais ses yeux rougis le trahissent. Le gendarme prend place sur le siège en face de lui. Il le regarde droit dans les yeux. Malgré sa compassion, il n'en laisse rien paraître et lui dit :

— Gaston, je sais que vous n'avez pas assassiné Coraline Carman. Je ne suis même pas certain que vous étiez au château lorsque cela s'est produit.

— Bien sûr que non, jamais je n'aurais pu ! s'exclame Lecouvreur, incrédule.

— Mais je suis convaincu que vous savez quelque chose. Je pense même que vous essayez de protéger quelqu'un. Pourquoi ne pas nous le dire ? reprend le gendarme.

— Je… Non… Enfin…

C'est le moment que choisit Gaby pour entrer à son tour dans la pièce. Il remet un feuillet à son collègue.

— Bien, dit seulement Baptiste.

Il se relève. Intrigué, Gaston regarde à tour de rôle les deux gendarmes.

— Voici un document qui devrait vous intéresser, reprend Baptiste.

Il ne ménage pas davantage le suspense et ajoute :

— Nous allons chez vous. La juge a ordonné une perquisition. Bien entendu, vous nous accompagnez.

L'instant d'après, il se retrouve devant la porte de sa maison, encadré du major Adelin et de l'adjudant Bourrasse, eux-mêmes suivis d'une équipe de gendarmes. Il regarde, impuissant, les hommes de loi fouiller son domicile, à la recherche de preuves pouvant justifier sa mise en examen. Il devient blême lorsque descendant du grenier, l'un des enquêteurs ramène un fusil qu'il ne connaît que trop bien. Si seulement c'était tout. Un autre sort de sa chambre avec entre ses mains des lettres. Ce sont les échanges épistolaires qu'il entretenait voilà trente ans, avec son plus grand amour. Même s'il a aimé tendrement son épouse, il n'a jamais oublié cette femme. Et pour cause…

22 heures ont sonné lorsque Gaston est placé en garde à vue.

— Puis-je appeler mon fils, s'il vous plaît ? demande-t-il à Baptiste. Il va s'inquiéter, plaide-t-il.

— Bien sûr. Vous avez droit à un appel. Mais je vous conseille de contacter un avocat plutôt.

— Je n'en connais pas, répond l'homme tristement.

Une fois l'appel passé, Gaston Lecouvreur est conduit en cellule après qu'on l'a délesté de ses objets personnels, ceinture et lacets.

Le saisonnier n'est pourtant pas le meurtrier. Baptiste et Gaby en sont convaincus. Mais l'étau se resserre car s'il détenait l'arme à son domicile, c'est que forcément, il connaît le coupable de près ou de loin. Ils se mettent au travail et reviennent avec quelques noms de ses proches pour l'interroger.

CHAPITRE 18

Ce soir-là, Max n'est pas encore rentré quand Sandrine passe la porte de la maison. C'est la première fois que son fils n'est pas là quand elle arrive. Lorsque Cécile rentre à son tour, elle lui demande si son frère est avec elle.

— Non, pourquoi il serait avec moi ? lui demande l'adolescente.

— Je ne sais pas. Je me disais que cela arrive parfois qu'il te rejoigne.

— Oui ça lui arrive de venir m'attendre quand on finit à peu près à la même heure mais aujourd'hui ce n'est pas le cas. Il s'est peut-être arrêté chez Mathis ? Ça arrive quelquefois.

— Je vais appeler sa mère. Il y a école demain, il devrait être déjà là.

— Tu t'inquiètes pour rien maman, il va arriver.

— Tu as sûrement raison. Mais je vais quand même appeler Lucie pour être sûre.

Cécile hausse les épaules et monte dans sa chambre. Le temps de poser ses affaires, de vérifier qu'elle n'a pas de devoir pour le lendemain, elle file sous la douche. Lorsqu'elle redescend en pyjama, elle trouve sa mère à faire les cent pas dans le salon.

— Qu'est-ce qu'il y a ? lui demande-t-elle.

— Ton frère n'est pas chez Mathis.

— Chez Nolan alors.

— Non plus. J'ai aussi appelé chez Jules, Léo, et tous ses coéquipiers de foot. Il n'est chez personne.

Cécile ne sait pas quoi dire à sa mère. Surtout pas l'idée qui vient de lui traverser l'esprit... Et si ? Elle regarde sa mère composer un nouveau numéro.

— Allô Baptiste ? entend-elle. Sa propre angoisse se manifeste, faisant écho à l'inquiétude grandissante de Sandrine. Elle a juré à son frère de garder son secret mais était-ce une bonne idée...

Sa mère a à peine raccroché lorsque Max passe la porte de la maison.

— Mais où étais-tu ? demande Sandrine à la fois soulagée et hors d'elle.

— Désolé maman, je n'ai pas vu l'heure.

— Désolé maman je n'ai pas vu l'heure ! Et tu crois que cette explication va me suffire ?

— J'étais chez Mathis. On a...

— Ne me mens pas Maxime, le coupe-t-elle. Tu n'étais pas chez Mathis, j'ai eu sa mère au téléphone tout à l'heure ! Donc je te repose la question : Où étais-tu ?

Le garçon baisse la tête et regarde ses pieds. Il cherche le soutien de sa sœur qui s'est éloignée. Depuis le canapé, elle lui fait un signe négatif de la tête, répondant ainsi à la question qu'il se posait de dire toute la vérité à sa mère. Mais quoi dire ? Il ouvre la bouche pour indiquer le nom d'un autre de ses copains. Sa mère l'arrête avant qu'un seul son ne sorte d'entre ses lèvres :

— Et ne me dis pas que tu étais chez l'un de tes camarades de foot car je les ai tous appelés !

Les larmes lui montent aux yeux sans qu'il ne s'en rende compte. Sandrine ne comprend pas et laisse sa colère se dissiper instantanément.

— Qu'est-ce qui se passe Max ? dit-elle en s'appuyant contre la table.

L'enfant commence alors à parler. Cécile s'échappe dans sa chambre, ne voulant pas être mêlée à cette histoire.

Il explique que depuis quelques jours, à la sortie de l'école il voit son père. Sandrine est sous le choc mais ne l'interrompt pas. Max raconte la lettre, les premiers contacts et ce soir. Ils sont allés manger une gaufre pour le goûter et sont allés à la salle de jeux. Ils n'ont pas vu l'heure et ont été surpris par la nuit lorsqu'ils ont quitté l'endroit. Paul a directement raccompagné son fils jusqu'à la maison.

CHAPITRE 19

Le lendemain matin, très tôt, Gaston finit par leur dire comment le fusil de Coraline est arrivé chez lui. Son fils Corentin, est revenu bouleversé de sa visite à Madame Carman. Il ne lui a pas expliqué précisément comment cela s'était passé mais il est arrivé essoufflé après sa course folle dans les vignes ce jour-là. Lorsqu'il a dit à son père que cela avait mal tourné, Gaston n'a pas compris tout de suite. Mais il est allé chercher dans les vignes l'arme que son fils a laissée tomber.

— Qu'auriez-vous fait à ma place ? demande-t-il à Baptiste. C'est mon fils. Je n'allais pas l'envoyer en prison.

— Je comprends, répond le gendarme en le ramenant dans sa cellule.

Le pauvre homme est anéanti. Il sait que lui-même risque de passer quelque temps derrière les barreaux. Mais il aurait préféré éviter ça à son enfant.

Baptiste lui fait servir un petit-déjeuner sommaire composé d'un café et de deux biscottes beurrées. Lecouvreur le remercie bien qu'il n'ait pas très faim. Il boit tout de même le café mais délaisse les tartines.

***

Lorsque les gendarmes arrivent au domicile de Corentin Lecouvreur, un petit deux-pièces en cœur de ville, ils constatent que ce dernier a déjà pris la poudre d'escampette. Baptiste fait rapidement le lien avec le coup de téléphone de son père la veille au soir.

— Jusqu'au bout il aura essayé de le protéger, dit-il à Gaby.

Un avis de recherche est lancé. Le jeune homme est arrêté deux jours plus tard à moins d'une centaine de kilomètres de là.

Quand il est interrogé par Gaby sur la raison de son départ, il répond :

— Mon départ ? Il était prévu de longue date que j'aille passer quelques jours chez un ami après les vendanges. N'ayant pas eu le temps avant, je m'y suis rendu il y a deux jours.

Aux questions que l'adjudant Bourrasse lui pose, Corentin commence par jouer l'incompréhension :

— Qu'est-ce que je fais là ? Non je n'ai jamais rencontré cette Madame... Carman vous dites ?

— Pourtant tu fais les saisons de vendanges depuis quelques années déjà ?

— Les vignes oui je les connais mais je n'ai jamais rencontré la patronne.

Le gendarme lui montre alors la photographie du fusil de chasse de Coraline Carman.

— Écoute-moi bien mon garçon, lui dit Gaby en prenant un ton paternaliste, ce fusil, je sais que tu l'as déjà vu.

— Mais non pas du tout, se défend le jeune homme. Je n'ai jamais vu ce « trois coups »...

— Qui t'a dit que c'était un fusil trois coups ?

Le jeune Lecouvreur ne sait plus où regarder. Il triture ses doigts et baisse les yeux sur ses mains.

— Allons mon garçon, arrête de mentir et raconte-nous ce qu'il s'est passé.

— Que faisais-tu dimanche 29 juillet vers 15 heures ?

Le jeune homme devient blême. Après quelques instants d'hésitation, il passe aux aveux.

— Oui j'ai tué Coraline.

Mais il ne dit rien de plus et fond en larmes.

***

Le meurtre de Coraline, est un malencontreux accident. Lorsque Corentin s'est présenté à elle, il n'avait pas l'intention de la tuer. Il était venu pour discuter de leur situation. Il venait d'apprendre que Coraline était sa demi-sœur. Gaston Lecouvreur se trouve être le véritable père de Coraline. C'est un ami de longue date de sa mère, ils allaient à l'école ensemble puis se sont suivis jusqu'au collège. Ensuite, Gaston a été embauché dans les vignes. Il n'a passé qu'une nuit avec Isabelle. Puis elle est partie faire le tour du monde. Elle a vite rencontré son époux. Ils se sont mariés tout aussi rapidement et ont eu leur premier enfant en suivant. Gaston ne se doutait pas qu'il fut le père de Coraline jusqu'à une discussion avec Isabelle lorsque Coraline était enfant : elle avait une dizaine d'années. Il apprit ce jour-là que Lucien était stérile. Qu'ils avaient essayé pendant des années de donner un petit frère ou une petite sœur à la fillette sans succès. Elle s'en est ensuite allée vers l'école des beaux-arts. Ils se sont revus quelques fois lorsqu'elle passait quelques jours au domaine. Elle lui racontait ce qu'elle faisait dans son école et l'a même croqué au fusain un jour où il travaillait. Elle l'observait assise non loin de là.

Il a toujours gardé ce dessin précieusement dans son chevet. Même son épouse, paix à son âme, n'en a jamais rien su.

Son fils les a surpris un matin Coraline et lui en pleine discussion, la jeune femme expliquant à son interlocuteur que dans ces conditions elle ne pouvait pas le garder et qu'il s'en trouvait par le fait licencié. L'homme était sous le choc et son fils est revenu quelques jours plus tard pour une conversation un peu plus musclée. Ça a dérapé. Plus elle lui disait que c'était impossible, que son père était un menteur, plus il s'énervait. Il a attrapé le fusil et l'a menacé avec. Elle n'a pas eu le temps de dire quoi que ce soit. Le premier coup de feu, il a été surpris. Il avait bien le doigt sur la gâchette mais il ne pensait pas que l'arme puisse être chargée. Les deux suivants, il ne les explique pas.

FIN

Vous avez aimé suivre ces enquêtes du major Baptiste Adelin ?

Retrouvez-le très bientôt aux prises avec une nouvelle affaire.

La sortie du **tome III** est prévue **en septembre 2019**

En attendant, pour ne pas rater ce nouvel opus et recevoir des nouvelles de l'auteure, **rejoignez la communauté** des **Lecteurs VIP de Carole Laborde-Sylvain** en vous connectant sur son site internet :

http://eepurl.com/giy2oj

Enfin, puisque vous avez aimé suivre le Major Adelin dans cette enquête, n'hésitez pas à laisser un commentaire sur la plateforme de votre libraire pour permettre à Baptiste de rencontrer d'autres lecteurs. Il vous en sera très reconnaissant.

Bibliographie

<u>Romans :</u>
Une nouvelle famille, Éditions Mélibée (2013)
Demain ça va recommencer, EDILIVRE (2017)

<u>Recueils de nouvelles :</u>
La Lune en ligne de mire, Autoédition (2017)
Rencontres, Autoédition (2017)

<u>À venir :</u>
Un espoir pour Noël, (novembre 2019)

Table des matières

Tome 1 Le cirque Borzatti 5

Tome 2 Le château Montplaisance 79

Vous avez aimé suivre ces enquêtes du major Baptiste Adelin ? 178

Bibliographie 179